琵琶記

原著　元·高　明
編寫　陳佩萱

三民書局

主編的話

在經典故事中成長

我常常思索著，我是怎麼成了一個說故事的人？

有一段我已經忘卻的記憶，那是一個沒有什麼像樣娛樂的年代，大人們忙著養家活口或整理家務，大部分的孩子都是自己尋找樂趣，妹妹告訴我，她們是在我說的故事中度過童年的。我常一手牽著小妹，一手牽著大妹，走到家附近那廢棄的老宅前，老宅大而陰森，厚重而斑駁的木門前有一座石階，連接木門和石階的磚牆都已傾頹，只有那座石階安好，作為一個講臺恰到好處。妹妹席地而坐，我站上石階，像天方夜譚般開始一千零一夜的故事。

記憶中的小時候，我是個木訥寡言的人，所以當小妹說起這段過去時，我露出不可思議的神情，懷疑她說的是另一個人的事。雖然如此，我卻記得我是如何開始寫故事的。那是專三的暑假，對所有要上大學的人來說，這個暑假是很特別的假期，彷彿過了這個暑假就從青少年走入成年。放暑假的第一天，我從北部帶著紅樓夢返家，想說漫長的暑假適合讀平日零碎時間不能完整閱讀的大部頭。當我花了兩個星期沒日沒夜看完紅樓夢，還沒從寶黛沒有快樂結局的悲悽愛情氛圍中脫身，突然萌生說故事的衝動，便在酷暑時節，窩在通鋪式的臥房，以摺疊成山的棉被權充書桌，幾個下午就完成我的第一篇短篇小說、我說的第一個故事。寫完時全身汗水淋漓，用鉛筆寫的草稿也被手汗沾得處處字跡模糊，不過我不擔心，所有的文字都在我腦海中，無需辨認。之後我又花了幾天把草稿謄在稿紙上，投寄到台灣日報副刊，當那個訴說青春少女和遲暮老人忘年情誼的小說變成鉛字出現在報紙副刊，我知道我喜歡說故事、可以說故事，於是寫了一篇又一篇的小說，直到今天。

原來是經典小說帶領我走入說故事的行列，這段記憶我始終記

得，也很希望在童年時代還耐不下性子閱讀原典的孩子們，能和我一樣在經典故事中成長。

　　雖然市場上重新編寫經典小說的作品很多，但對我這個有兩個少年階段孩子的母親來說，卻總覺得找不到適合的版本，不是太簡單，就是太難，要不然就是刪節得不好，文字不夠精確等等，我們看到了這當中的成長空間，於是計畫進行一套經典小說的改寫版本。

　　首先我們先確定了方向，保留較多文學性，讓這套書適合大孩子閱讀；但也因為如此，讓我們在邀請撰稿者方面碰到不少困難。幸好有宇文正、石德華、許榮哲等作家朋友們願意加入，加上三民書局之前「世紀人物 100」的傳記書系列，也出現了不少有文采、有功力的寫作者，讓這套書可以順利進行。對於文字創作者來說，創意是珍貴的資產，但改寫工作就像化妝師，被要求照著一張照片化妝，不能一模一樣，又不能不一樣，一些作者告訴我，他們在撰寫這系列的書時，常常因為想寫的和原著不太一樣而卡住，三民書局的編輯也常常要幫著作者把寫作節奏拉回來，好幾本書稿都是初稿完成後，又大幅刪修，甚至全部重寫。辛苦的代價便是呈現在讀者面前的這套書——文字流暢、故事生動，既有原典的精華，又有作者的創意調拌，加上全彩印刷、配圖精美。這是我為我的孩子選擇的一套書，作為他們告別青春期的最佳禮物，希望能和天下的學子、家長們分享，也期待這套「大部頭的套書」，經過作家們巧妙的改寫、賦予新生命後，保留了經典的精神，又比文言白話交雜的原典更加容易親近，讓喜歡聽故事、讀故事的孩子，長大後也能說故事、寫故事，於是中國經典文學的精華就能這麼一代一代傳誦下去。

iii

林黛嫚

作者的話

當初，筆者從眾多中國古典文學書單中，挑中琵琶記來改寫，主要是在看到書中「吃糠」的情節時，腦海裡頓時浮現出一個模糊的「吃糠」影像……

那是小時候所看的連續劇，現在回想起來，搬演的內容應該就是琵琶記，但因那時年紀小，對什麼事都懵懵懂懂的，加上時間已經過了那麼久，以致於現在不但不知道那齣連續劇的劇名是什麼，連影像中的人物相貌也早已模糊不清了，只記得女主角「吃糠」的情節令我很震撼——

因為，小時候筆者的家境雖然不好，但米糠我們是用來養雞、養鴨和餵豬的，絕對不會拿來食用。但是劇中的女主角因丈夫赴京趕考後音訊全無，加上家鄉饑荒連年，好不容易張羅到的少許米糧，奉養高齡的公婆都不夠了，她只好勒緊褲帶，省下所有米糧給公婆食用。而萬不得已，餓得不得了的她只好用米糠來果腹。她怕公婆知道她吃米糠果腹會難過，還偷偷躲起來吃，沒想到卻惹來公婆猜疑。當真相大白時，我和坐在電視機前的外婆、媽媽、阿姨、姐姐妹妹們，陪著劇中的女主角和公婆一起飆淚……

因為這段緣由，所以筆者決定改寫琵琶記。

筆者原本以為，將小時候看過的故事，加上自己的觀點和想法寫出來，是件非常奇妙的事，因此就很開心的翻閱高明的琵琶記。怎知，越看越笑不出來，越看越覺得自己是不是接了個「不可能的任務」啊？

看到這兒，小朋友心裡或許有個疑問：難道高明的琵琶記很難看嗎？

其實以內容來說，高明的琵琶記不但不難看，還非常的精采。

但是，筆者必須以十二萬分慎重的態度聲明，以形式來說，高明的琵琶記真的很「難看」——不是不好看，而是很難看得懂。

　　雖然琵琶記是元朝戲劇的不朽傑作，但是，琵琶記是部劇本，是一齣齣的舞臺劇本構成的，劇情前後的交代不是很清楚，要不然便是幾句話粗略帶過，令人閱讀時需前後文再三重複翻閱思考；加上琵琶記不但是舞臺劇劇本，還是部戲曲，跟京戲和歌仔戲一樣，劇中每個角色總要唱個幾句，每齣戲的劇末還要加個合唱來終結此劇，加上不時有其他角色和每個角色的動作和對白出現，閱讀時很難一氣呵成。而最主要的原因是，元朝時的文學作品是使用文言文來創作，不是白話文，高明的琵琶記當然也不例外，因此筆者邊看著用文言文形式完成的琵琶記，腦海中邊將它翻譯成白話文。如此這般費工夫，筆者如何覺得高明的琵琶記「好看」呢？

　　不過，筆者在看高明的琵琶記時，心中卻萬分感謝求學時期教導我文言文的國文老師，更慶幸自己學生時代上國文課時有用心聽課，要不然現在看高明的琵琶記可能就像在看「天書」一樣，有看沒有懂呢！因此，筆者奉勸各位小朋友，在學習任何事物時，別因考試不考、一時用不到，就認定它不重要而不用心學習，因為難保日後你不會用到它——筆者學生時代也從沒想過，畢業後還會有用到文言文的時候。

　　雖然高明的琵琶記很「難看」，筆者還是很用心的把它看完了。只是，在改寫時，筆者又傷腦筋了。除了將文言文的劇本，改寫成白話文的小說有其必然的困難外，筆者所遇到最大的困難，在於如何使書中許多以現代觀念來看不怎麼合理合情的情節，能有合理合情的解釋，並讓小朋友們能了解和接受。

我將高明的琵琶記看了又看，然後想了又想；再看了又看，再想了又想。如此重複幾次，最後，我想到讓全書以「愛」為中心，使得書中所有角色的個性、作為，皆是以「愛」為出發點，來改寫出我所想要表達的琵琶記——

　　因為愛，所以蔡父要兒子蔡伯喈進京趕考，以盼他能金榜題名，光耀門楣。

　　因為愛，所以蔡伯喈雖然淡泊名利、難捨嬌妻，還是遵循父命，離家赴考。

　　因為愛，所以趙五娘雖然心中萬般不捨，還是含淚送夫遠行，獨力奉養公婆。

　　因為愛，所以不知情的牛小姐，願與新科狀元、人俊才高的蔡伯喈締良緣。

　　因為愛，所以牛太師雖然知道蔡伯喈家鄉已有妻室，還是硬要他入贅為婿。

　　因為愛，所以里正明知搶趙五娘的米糧是不對的，但為了妻兒，他還是做了。

　　因為愛，所以蔡伯喈雖然擁有富貴榮華，仍時時惦念著家鄉的妻子和高堂。

　　因為愛，所以趙五娘剪髮殮親、埋葬公婆後，懷抱琵琶，一路行乞上京尋夫。

　　因為愛，所以得知真相的牛小姐願委屈自己，幫思親心切的丈夫向父親求情。

　　因為愛，所以趙五娘和牛小姐雖然萬般不願意，只得接受事實，共事一夫。

　　一切的一切，都是因為「愛」啊⋯⋯

　　因為筆者改寫後的琵琶記，所有的情節和角色都是以「愛」為出發點，所以雖然書中有可恨之人，他們以「愛」為出發點的行為不一定正確，但讀者仍然能發現其必有可憐之處。

　　筆者不敢說改寫後的琵琶記優於高明的琵琶記，但絕對比它能讓讀者「好看」——很好看得懂。

　　小朋友們若不信，在看完此書後，去找本高明的琵琶記來相比較，必定會舉雙手雙腳贊同筆者的話。

陳佩萱

琵琶記

目 次

說起羅密歐與茱麗葉，相信許多小朋友都對這兩人纏綿悱惻的愛情故事耳熟能詳，並深受其感動。其實，在中國古典文學裡，有許多作品不亞於西洋文學，甚至於比西洋文學的詞句更優美、內容更豐富、寓意更深遠，只是小朋友們較少接觸，所以未能窺探其美，而高明的琵琶記便是其中之一。

　　說到琵琶記，對中國古典文學較少接觸的小朋友對它會比較陌生，甚至於還有不少小朋友是第一次聽到這個書名。那麼，琵琶記是本什麼樣的書呢？

　　簡單的說，琵琶記是包含夫妻情深、父子情重、重情重義、貧富對比，集戲劇衝突和悲劇效果十足的一部戲劇。在藝術表現上，無論是人物塑造、戲劇結構和音樂格律方面，琵琶記都有突出的成就，因而被尊為南曲之祖、傳奇之祖。

　　看完我的簡單介紹，相信許多小朋友心中都有個疑問：「琵琶記是部戲劇？」

　　沒錯，高明所寫的琵琶記，和莎士比亞所完成的羅密歐與茱麗葉一樣，都不是一本小說，而是以劇本的形式完成的，是要在舞臺上一齣齣演出的。

　　為什麼高明要以劇本的形式，而非小說的形式來完成琵琶記呢？

　　這就要來談談中國文學發展史了。

　　相信大部分的小朋友，多多少少都背過一些唐詩、宋詞，但是否曾想過所背誦的詩詞，為什麼叫「唐詩」、「宋詞」呢？那是因為中國的文學發展，到了唐朝是以「詩」聞名，到了宋朝是以「詞」著稱，唐朝、宋朝有名的詩詞流傳到後世，後世就以它們朝代獨特

風行的文體來統稱。而中國的文學發展到了元朝，則是以「戲曲」最為後人稱道。因此，大家在談論中國文學發展史時，除了談到「唐詩」、「宋詞」外，也會提到「元曲」。而生於元朝的高明，當然以當時最流行的創作形式——「劇本」，來寫琵琶記囉。

　　小朋友，在了解琵琶記這本書前，當然也要來認識認識它的創作者。

　　前面已經提到，琵琶記的作者是高明。他字則誠，號菜根道人，浙江瑞安人，約生於元成宗大德五年（西元 1301 年），死於明太祖洪武四年（西元 1371 年），是元末明初著名的戲曲作家。由於出生在一個書香門第，祖父、伯父都是詩人，高明從小受到家庭的薰陶，在青年時期他就以學識淵博著稱，除了詩文之外，詞曲、書法他也都很擅長。高明在元至正五年中進士，曾在浙江處州、杭州等地做過幾任小官，後來因和上司不合，便辭官歸隱。他隱居在寧波城東櫟社，閉門謝客，一心從事戲曲創作，琵琶記就是在這一時期寫成的。

　　不過，琵琶記的故事架構並不是高明原創的，而是取材於宋朝溫州戲文中趙貞女的故事。趙貞女是敘述趙五娘千里尋夫的故事，而這個故事在民間流傳已久，算是個舊題材。雖然琵琶記的故事架構是取於舊題材，但高明卻大刀闊斧改寫，把男主角蔡伯喈的形象和故事的結局進行重大改造，讓這部戲有個全新的風貌。

　　在趙貞女這部戲裡，蔡伯喈是個攀附權貴、忘恩負義、狼心狗肺的薄情郎。他一個人去京城做大官，棄家鄉的父母、妻子不顧。當趙五娘到京城找他時，他不但立刻休了她，還放馬將她踏死。最後，上天震怒，用暴雷把他活活打死。不過，蔡伯喈這個十惡不赦的角色到了高明所寫的琵琶記裡，卻有一百八十度的改變，也因此使得原有的人物、主題、內容都發生了巨大變化。

　　出生於書香門第的高明，視野胸襟並不只停留在自身的階層，

他自小就有悲天憫人的胸懷，加上長大後一些社會歷練，更了解社會上各階層的苦楚，因而覺得一個人被說是薄情郎的原因很複雜，絕不是只有當事人攀權附貴、狼心狗肺這麼簡單的理由。因此，雖然在琵琶記中，高明仍保留「蔡伯喈滯留京城，棄親忘妻」的劇情，卻巧妙的運用了「辭官不從」、「辭婚不從」來替蔡伯喈辯解開脫；另外，他還用了不少篇幅描寫蔡伯喈雖然擁有高官厚祿、錦衣美眷，卻常因牽掛家人、思鄉情切而悶悶不樂，讓讀者對蔡伯喈產生同情，體諒他的不孝和薄情都是受環境和權勢所逼迫，非他所自願的。因而讓蔡伯喈好兒子、好丈夫的形象，深入觀眾的心中，取得觀眾的共鳴。

其實，高明除了藉琵琶記這個故事，表達他對家庭倫理的看法，還把自己仕途中所遭遇到的痛苦和感受，藉著蔡伯喈這個角色表露出來，讓觀眾看到好兒子、好丈夫的蔡伯喈，上京應試為官，本來只是為了想完成父願，光耀門楣，沒想到卻因本身太優秀，而招來家破親亡的悲劇，藉此揭露封建科舉制度和仕宦之路的黑暗面，讓觀眾深思：「功名利祿真的比闔家團聚，來得幸福、來得重要嗎？」由這點來看，琵琶記比趙貞女有更深廣的社會意義。

高明的琵琶記，是元朝戲劇的不朽傑作。它是以小孝、大孝的爭論為戲劇衝突的起點，一邊寫蔡伯喈進京，金榜題名，入贅牛府，錦衣玉食；一邊寫趙五娘留在家鄉奉養公婆，苦度災荒，歷盡折磨。這種雙線的敘述結構，產生了強烈的悲劇效果和巨大的藝術感染力。雖然筆者在改寫時，不需像高明改寫趙貞女那樣，大刀闊斧的將原有的人物、主題、內容做一百八十度的改變，但所遇到的困難也不少。

琵琶記是由一齣齣舞臺劇本構成的，每齣劇本大部分是對白，對於場景、事情發生的緣由、角色的內心感受的描寫，不像小說描寫的那麼細膩；對於劇情的發展，劇本也不像小說那麼連貫，交代清楚。這些不足之處，劇本可藉由演出時的道具、布景、音樂和演員的揣摩來補足，並展現其渲染力，讓觀眾感同身受；但若是一本小說，這些東西則需靠文字的細膩描寫來補足。因此，筆者在將琵琶記改寫成小說形式時，為了抓住劇情所有脈絡和每個角色的感受和心路歷程，總是將高明的琵琶記再三翻閱，仔細的思考如何讓劇情前後連貫、高潮迭起，並認真揣摩每個角色的個性、感受，以期讀者在翻閱小說版的琵琶記時，能藉著文字的敘述而有「身歷其境」的感受。

　　由於琵琶記是一部分為四十二齣的連續劇，不可能一次就全部演完，有時會綜合兩三齣的劇情一次演出，要不然就是演出像「吃糠」、「別墳」、「盤夫」等衝突性較高、渲染力較強的幾齣戲，因此，為了怕觀眾不知整部戲的前因後果，每齣戲難免會花些篇幅來「前情提要」；甚至為了吸引觀眾，增加演出效果，每齣戲還會穿插一些和主題、劇情不是很相關的人物和情節，這些在以「小說方式」呈現時，都是不需要的。因此，筆者在改寫琵琶記時，總是將高明琵琶記裡重複的劇情、不需要的角色再三確認後，才小心翼翼的刪掉，以免有遺珠之憾。

　　高明的琵琶記，以人物的刻劃、戲劇的結構、優美的文辭、練達的韻律、複雜的情節、豐富的內涵備受讚賞，尤其在格律上，幾乎成後世傳奇創作中審度格律的齊備範本，由它被人們譽為「詞曲之祖」可見一斑。然而，筆者在改寫高明琵琶記時，不單要將它從劇本形式轉變成小說形式，還要將它從文言文翻譯成白話文，翻得太白話，怕失去文辭的優美；翻得過於文言，又怕小朋友們看不懂。

因此，在用字遣詞上的拿捏，也是挺讓筆者傷腦筋的。

　　不過在改寫時，筆者遇到最大的困難，是在於如何使書中許多以現代觀念來看不怎麼合情合理的情節，能有合情合理的解釋，並讓小朋友們能了解和接受。例如：

　　嫁入蔡家才兩個月的趙五娘，靠什麼力量支撐，讓她肯在丈夫離家四年多且音訊全無之下，獨力承擔家計，竭盡全力奉養公婆，就算受了委屈，也始終不渝？在公婆過世後，又是什麼力量，支撐她這麼個未曾離開過家鄉的弱女子，千里尋夫呢？得知她苦苦等待、一生所要依靠的丈夫，竟然金榜題名後就拋妻棄親，另娶相府千金，她受到多大的打擊、她的心有多麼悲痛啊？與相府千金相比，她是要自慚形穢的默默離開，還是要挺身而出，積極爭取屬於自己的幸福呢？

　　金枝玉葉、才貌雙全的牛小姐，在那麼多優秀的求親人中，為何獨獨看上蔡伯喈這個沒有家世背景的人呢？她那麼溫柔體貼，為何沒有想到要迎接公婆來京城奉養，好做個人人稱道的賢慧媳婦呢？當她得知丈夫在家鄉早有妻室，是因爹的脅迫和皇上賜婚，才無奈的與她結連理時，自視甚高的她該如何自處呢？

　　位高權重的牛太師，有那麼多門當戶對、優秀的女婿人選可挑，為何執意要蔡伯喈這個上有高堂、家有妻室的窮酸狀元，作為他寶貝女兒的夫婿呢？他用盡心機的所有作為，究竟是疼愛女兒，還是害了女兒呢？

　　人俊才高的蔡伯喈，面對牛太師的逼婚和皇上賜婚，為何沒有良策辭婚呢？他既然那麼牽掛在家鄉的雙親和妻子，為何滯留京城約五年間，沒有捎任何音訊回家鄉呢？面對只相處兩個月卻替他奉養雙親四年多的趙五娘，和成婚四年多、對他一直溫柔體貼的牛小

姐，他該如何抉擇呢？

……

　　以上種種問題，筆者在改寫時，總是一再自問。每當找到較合乎現代觀念的理由和答案時，便藉由文字的細膩描述，將它傳遞給讀者，希望小朋友們能藉著情節的鋪陳，了解書中角色們的心路歷程，並接受他們不得已所做的不完美決定。

　　筆者期盼小朋友們在看完這本琵琶記後，能領略中國古典文學的美，體會先人生活中所累積的智慧，並培養悲天憫人的胸襟，更要了解並非所有以愛為出發點的作為都是對的……

　　筆者做得是否成功，則有待小朋友們看完本書後，寫信來告訴筆者囉！

寫書的人
陳佩萱

　　住在風光明媚、空氣新鮮又多雨的宜蘭，畢業於臺東大學兒童文學研究所。曾獲柔蘭兒童文學獎、兩屆文建會兒歌一百、三屆臺灣省兒童文學獎及其他大大小小獎項。

　　雖然是國小教師，卻跟大部分的小朋友一樣喜歡吃喝玩樂，跟少部分的小朋友一樣喜歡看書寫作，跟更少部分的小朋友一樣喜歡得獎，收集各式各樣漂亮的獎狀讓自己快樂。著作有天文巨星：張衡、鐵路巨擘：詹天佑、本草藥王：李時珍、醜狼杜美力、胖鶴丹丹出奇招、誰是模範生？、愛的密碼等。

琵琶記

第一章 郎才女貌締良緣

一向風光明媚、祥和寧靜的陳留郡，今天卻是鞭炮聲劈哩啪啦響，因為郡裡的蔡家正在辦喜事——蔡員外的獨子蔡伯喈要娶老婆了。

俗話說「有錢沒錢，討個老婆好過年」，更何況蔡家人口簡單，上只有蔡員外、蔡夫人二老，下只有蔡伯喈這個獨子，討個新婦過門，不但可為蔡家添喜氣，更可望來年添丁，讓蔡家子孫綿延。

蔡家雖然稱不上是豪門大族，但在陳留郡裡也是個有頭有臉的人家，平日樂善好施，廣受鄉親愛戴，加上蔡員外、蔡夫人是老來得子，對這唯一的寶貝兒子一向疼愛有加，婚事當然要辦得風風光光的。因此，就算年關將近，街坊鄰居、親朋好友都忙著大掃除、辦年貨，但大夥兒仍都撥空齊來祝賀，使得蔡家賓客盈門，十分熱鬧。

在蔡家大喜的這天，好街坊張廣才當然不會缺席。已過六十歲的張廣才，人稱張太公，一進門便立

刻向<u>蔡員外</u>、<u>蔡夫人</u>拱手道賀：「<u>蔡</u>公，<u>蔡</u>婆，恭喜恭喜！」

「同喜同喜！」<u>蔡</u>家二老笑容滿面的說。

「<u>蔡</u>公，<u>蔡</u>婆，今天你們家<u>伯喈</u>當新郎官，明天就登科當狀元了。」

<u>蔡員外</u>聽到這甜到心窩的吉祥話，笑得嘴巴都要裂了：「希望我們家<u>伯喈</u>真能如你金口所說啊！」

「一定會的！一定會的！」

當街坊這麼久了，<u>張太公</u>當然知道已快八十歲、白髮蒼蒼的<u>蔡員外</u>，最大的心願就是寶貝兒子能考取功名，光耀門楣，因此常順著<u>蔡員外</u>的意，說些討他歡心的話。其實這些話也不是<u>張太公</u>的違心之論，因為<u>蔡伯喈</u>雖然還沒有考取功名，卻已文名四揚，人人讚賞，榜上有名只是遲早的事。

這時，鞭炮聲由遠漸近，門外傳來看熱鬧的街坊叫嚷聲：「新娘子到了！新娘子到了！」

<u>張太公</u>望了一眼門外，說：「新娘子到了！<u>蔡</u>公，<u>蔡</u>婆，你們趕快坐上主位，好讓新郎新娘來拜見高堂。」

蔡家二老才剛坐好，熱鬧的迎親隊伍就到了掛著紅綵的蔡家門前。

　　「新郎官踢喜轎！」

　　媒婆的話才剛說完，坐在花轎內的趙五娘就看到一隻穿著深色鞋的大腳伴著轎簾踢進轎門來，還來不及反應，那隻大腳已消失在轎門外。

　　「新娘子下轎！」

　　媒婆立刻掀開轎簾，將一條紅綾布遞到趙五娘手中，然後扶著她下轎。

　　一路上花轎搖搖晃晃的，晃得趙五娘有些頭暈，一下轎差點站不穩，幸虧有媒婆扶著才沒跌跤出糗。蓋著紅頭巾的她完全分不清東西南北，還好紅綾布另一端的新郎官牽引著，她才沒迷失方向。

　　新郎官帶著她跨過小火爐，進入大廳。才剛站定，就聽到司儀喊著：「一拜天地——」

　　轉身跪拜天地時，趙五娘隔著紅頭巾，隱約瞧見跪在她身邊男子的新郎服，雖然沒看到他的長相，沒聽見他說半句話，卻已足夠讓她的心緊張得砰砰跳了，因為她知道從今以後，他就是她的丈夫，她的天，她一輩子依靠的良人。

　　其實打從一上花轎，她就感到忐忑不安，一雙細

嫩的手不停的冒汗。從此以後，她就要揮別熟悉的成長環境，到全然陌生的夫家過活；過了今天，她就要從跟爹娘撒嬌耍賴的女兒，成為服侍夫婿、侍奉公婆、處理家務的人妻人婦了。

趙五娘心想：「我能適應夫家的生活嗎？我能得到公婆的認同嗎？我能——得到丈夫的疼愛嗎？」每個新嫁娘似乎都有她這樣的憂慮和困擾呢。

等趙五娘回過神來，才發現她不但已經拜過了天地，還拜過了高堂，現在正要送入洞房呢！她心頭一顫，隔著紅頭巾，抬眼看著在前方牽引著她的良人的背影，期望兩人能這樣平平順順一起走，長長久久到白頭……

新人才剛走過蔡家曲曲折折的迴廊，來到了新房。張太公就和一些街坊親友擠了進來，嘴裡嚷著：「鬧洞房嘍！」

看著一屋子的人，臉皮薄的蔡伯喈立刻靦腆抱拳說：「各位親友，各位街坊，可不可以……饒了我們啊？」

「不行不行，洞房要越鬧運勢才能越發。」張太

公雖然頭髮、鬍鬚已經花白，雙手仍然叉在胸前，一副理直氣壯的樣子。

「為了讓你們<u>蔡</u>家家運更興旺、你的官運更亨通，洞房不鬧不行！」

「對呀！對呀！」親友和街坊也跟著起鬨。

「這……」面對大家的捉弄，<u>蔡伯喈</u>有些不知所措。

<u>張太公</u>接著說：「來來來！新郎官快點掀起新娘的頭巾，讓我們這些街坊親友認識認識新娘子，免得以後在路上遇到了，還以為是外地人呢。」

「對呀！對呀！」

<u>蔡伯喈</u>只想在兩人獨處的時候，才掀起新娘子的頭巾，看看她長什麼模樣，但拗不過眾人的要求，他只能順著大夥兒的意，拿起桌上的秤尺，慢慢掀起頭巾。當頭巾掀開後，四周原本熱鬧喧譁的氣氛瞬間靜默了下來……

沒多久，又爆出無數的讚嘆聲：「哇！新娘子好漂亮啊！」

「簡直像仙女下凡啦！」

「對呀！對呀！」

面對眾人的讚美，<u>趙五娘</u>的臉頰浮起淡淡的紅暈，

像是胭脂，更像是秋天的晚霞，頭也低得更低了。

　　蔡伯喈也看傻了眼，他雖然聽媒婆說過趙五娘溫柔賢淑、貌美如花，「出得了廳堂，進得了廚房」，但媒婆一向舌燦蓮花，黑的都能說成白的，所以他並沒有完全相信，只覺得「娶妻娶賢」，只要她能幫他處理家務，和他一起侍奉爹娘就好，是不是天姿絕色他並不怎麼在意。沒想到──媒婆真的沒騙他呀！

　　看到兩個新人的神情，張太公笑呵呵的說：「伯喈啊，恭喜你娶到個如花似玉的美嬌娘啊！你們兩人真可說是狼豺虎豹絕配啊！」

　　「對呀！對呀──噫？『狼豺虎豹』？」眾街坊親友詫異的瞪著張太公。

　　張太公這才發現自己話說得太快說錯了，趕緊改口說：「啊，錯了錯了，是『郎才女貌』，是『郎才女貌』才對啦！你們兩人真可說是『郎才女貌締良緣』啊！」

　　「喂，新郎官，你可別看新娘子看到發傻呀！別忘了你還要考狀元啊！」有鄉親調侃說。

　　被調侃的蔡伯喈不好意思的笑了笑，不知道該如何接話。

　　眾人的笑鬧聲鬆懈了趙五娘緊張的情緒，她忍不

住心中的好奇，輕輕的抬頭往新郎官的方向看去，沒想到這一看，竟然看進一雙痴痴注視著自己的眼眸中。她立刻羞怯的低下頭去，原本已經火紅的臉，瞧起來更像是熟爛的紅柿子……

雖然只是匆匆一瞥，趙五娘已經瞧清她夫婿的長相，心中忍不住讚嘆：「他長得好俊啊……」

「來來來！新郎新娘喝交杯酒囉！」張太公嚷著「鬧洞房」的重頭戲。

在媒婆安排下，趙五娘謹慎的握著小酒杯，曲著手臂跟新郎的手臂交勾著，親密的喝著交杯酒。從沒這樣接近過男人的她，在新郎那密密包圍著她的男人氣息中，心跳得像打鼓一樣。但是這緊張中卻洋溢著淡淡的慶幸和甜蜜，因為近在眼前的他，這樣俊逸的人，是她的夫婿，她一輩子可以依靠的男人啊……

忽然她心中生出一個念頭來──

這樁奉父母之命、媒妁之言的婚姻，應該是不錯的吧！

第二章　琴瑟和鳴盼相守

　　春回大地，陳留郡的天氣一天天暖和了起來。

　　新婚近兩個月的趙五娘，早已不是姑娘裝扮，而是挽起一個雲朵似的髮髻。她雖然整天忙著家務，臉上卻時常帶著淺而滿足的微笑。

　　今天，是蔡員外八十大壽的大日子，本來應該大肆慶賀，畢竟「人生七十古來稀」，更何況是八十呢！可是既然前不久家裡才辦過喜宴，再勞動親友街坊來大肆慶祝就不好意思了，蔡家人於是決定自家團聚慶賀就好。

　　雖然只是自家人團聚慶賀，身為兒媳的趙五娘可不敢馬虎，幾天前就在夫婿的提醒下，認認真真的開始準備。現在，看著桃花樹下這桌豐盛的佳餚美食，她不自覺露出得意的笑容。

　　其實剛接手家務時，她除了手忙腳亂外，更是感到心慌，深怕一個不留意，惹得公婆、夫婿不開心，那她往後的日子可就難過了。幸虧夫婿除了人俊才高

外，還十分貼心，不僅時時提醒她，有時還悄悄幫她解決難題……

像新婚第二天，在拜過祖先、向公婆請安後，他就帶著她在宅子裡四處逛逛，讓她先熟悉環境，免得迷了路。

像他會告訴她公婆飲食的偏好，甚至有時候還會偷偷到廚房和她一起烹調出公婆喜歡的滋味。

像前不久過年時，她因不懂蔡家規矩而手足無措，他不著痕跡的去跟蔡母套問出拜神祭祖的程序和注意事項，再仔仔細細的告訴她。

有時，她在房裡刺繡，他會來跟她閒話家常，或與她分享詩文見解。

有時，她彈琵琶自娛，他會在旁彈琴，用琴音與她相和。

有時，他們沒說任何話，她靜靜的縫衣補鞋，他在一旁彈琴，讓悠揚的琴音圍繞著兩人……

林林總總，總是讓她點滴在心頭。

他，是個容易讓人傾心的人啊！

其實從她懂事以來，她就知道從很早開始，婚姻憑的就是父母之命、媒妁之言，因此爹娘要她嫁，她便嫁，嫁給王二麻子是她的命，嫁給賭性堅強的夫婿

也是她的命。如今，她能嫁給他，一個她真正喜愛、知她疼她、值得託付終身的夫婿，她知道除了是她命好外，更是上天保祐啊！

因此，她好滿足，只期盼能與他長相廝守，年年一起欣賞這春天綻放的美麗桃花……

「五娘，在發什麼呆？」蔡伯喈剛走進內院，看見趙五娘望著一樹桃花出神，忍不住出聲叫喚。

趙五娘回過神來，想到剛才自己的念頭，羞紅的雲朵沿著脖子攀爬上來。

「怎麼了？不舒服嗎？」雖然新婚妻子羞紅著臉相當迷人，蔡伯喈仍關心的問，深怕嫁入門沒多久的她病了也不敢說。

「沒有、沒有。」趙五娘趕緊搖頭說，對夫婿的關懷，心頭暖洋洋的。

蔡伯喈目光流轉，仔細的在妻子臉上來來回回看了好幾遍，確認她真的沒事，才開口問：「要慶賀爹八十大壽的酒席，妳準備好了嗎？」

「準備好了！」

看到趙五娘身後那桌豐盛的酒席，蔡伯喈露出滿意欣喜的笑容。

他原本就長得好看，這一笑更是俊美，緊緊拉住

了趙五娘的目光。

看到妻子戀慕的目光，蔡伯喈笑得更加燦爛，說：「我們一起去請爹娘出來用餐吧！」

「好。」趙五娘趕緊收回視線，跟在夫婿身後。

夫妻倆人才剛轉身要到大廳請蔡家二老，就看見他們正慢慢的往內院走來。

蔡伯喈和趙五娘立刻上前扶著二老入座，說：「爹，娘，正要去請您們出來用餐呢！」

一坐好，蔡家二老也招呼兒子媳婦說：「你們也坐呀！」

蔡伯喈和趙五娘不但沒入座，還舉起桌上酒杯，跪下拜壽。

「今天是爹的八十大壽，孩兒在此祝您福如東海、壽比南山，更願爹、娘年年有今日，歲歲有今朝。」

「祝賀爹娘身體健康、壽與天齊，讓媳婦能一直孝順您們。」

「好！好！」蔡父笑呵呵的說。

蔡母捨不得寶貝兒子久跪，趕緊扶他起身說：「你們也坐下來吃飯吧！」

「謝謝爹！謝謝娘！」

蔡伯喈和趙五娘這才入席。

琵琶記

酒過三巡，蔡父望著滿滿盛開的桃花，撫著花白的鬍鬚感嘆：「唉，時間過得好快呀！才一轉眼，我又老了一歲囉！人人羨慕我壽高體健，夫妻白頭偕老，兒子才高英挺，媳婦兒賢淑貌美，是個福壽雙全的人，卻不知我有個一輩子最大的心願還沒有完成，讓我好遺憾啊！」

　　「不知道爹還有什麼心願想完成？」趙五娘關心問。

　　「唉！還是媳婦孝順，懂得關心我這老頭子。」

　　蔡父邊感嘆邊用眼尾餘光瞄著坐在身旁的寶貝兒子，見他不動聲色的裝傻，只好挑明了說：「兒子啊，你明明知道我最大的遺憾，就是你到現在還沒有考取功名，卻不知要積極進取。就算你才高八斗好了，老推託著不去考試，又要怎麼金榜題名呢？你今年再不去考個狀元來讓我這老頭子風光風光，我這把老骨頭恐怕沒法子再等你到明年囉！」

　　雖然這是蔡父每年壽宴必提的話題，蔡伯喈早已被念得相當習慣了，但今年有嬌妻在旁，被老父這麼念

著卻令他十分尷尬，一時又不知道該如何回應才好。

蔡母看到兒子的樣子，滿心不捨的開口幫腔說：「老頭子，兒子就是不知道你那把老骨頭能不能熬到明年，才不敢離開家裡的。你就別再碎碎念了，免得哪天他真的進京趕考去，你卻兩眼一閉、兩腳一蹬的走了，落了個沒有兒子為你送終的悽涼下場……」

「呸呸呸，老婆子，妳說這什麼話！」

「我說的是人話。老頭子，人老了，什麼功名利祿都是空，還不如兒孫在身邊相伴來得實在。要我說，我們目前啊，就是少個孫子。真希望明年有個孫子可以抱喔！」

一說完，蔡母眼睛直往趙五娘的肚子瞧，好像裡面已經有了個小孫子似的。

公公的話令趙五娘不知所措，婆婆的目光更令她渾身不自在的低下頭去。

蔡伯喈趕緊拿起酒杯幫她解圍說：「爹，娘，我們會好好努力，一定讓您們明年有個胖孫子可抱。現在，讓兒子、媳婦再次祝賀您們身體康泰、福壽雙全，明年此時，我們全家能再一起在這兒喝酒賞花，為爹賀壽。」

蔡父聽了兒子的祝賀辭，嗤之以鼻的說：「男子漢，

大丈夫，志氣豈能如此短小？你應該想著如何金榜題名、報效國家⋯⋯」

蔡父話沒說完，就被蔡母給打斷了：「街坊鄰居、親朋好友都羨慕我們有兒子在旁隨侍盡孝，就你這老頭子不懂得惜福，老是想把兒子趕得遠遠的。」

「老婆子，妳⋯⋯」

「我怎樣？你呀，人老要服老，別老是想些有的沒的為難兒子⋯⋯」

公婆拌嘴的話語，趙五娘根本沒有聽進去，因為她的心早就已經因為公公的一番話而感到不安。她痴痴的看著正在調解公婆拌嘴的蔡伯喈，細細思量著：

他真的要進京趕考嗎？

萬一他真的要去，我怎麼辦？

嬌弱的我撐得起這個家、照顧得了高齡的公婆嗎？

功名利祿、富貴榮華真的那麼重要嗎？

一家人像現在這樣平平安安、快快樂樂的過活，不是很好嗎？

為何要改變呢？

 遵循父命求功名

過了幾天，<u>蔡</u>家來了個意外訪客，是郡衙門派來的官差。

那官差一看到<u>蔡伯喈</u>，就對他行禮說：「<u>蔡</u>公子，恭喜！恭喜！」

<u>蔡伯喈</u>莫名其妙的問：「我有什麼喜事呢？」

「朝廷發下緊急命令，要各州郡推薦賢德的人才到京城參加科考。<u>蔡</u>公子你學富五車，才高八斗，絕對是個不可多得的狀元才，因此，太守立刻將你的名字報上去，並派我前來報喜，通知你趕快收拾行李，前往京城，以免耽誤了考試的時間。」

才華受到太守肯定，讓<u>蔡伯喈</u>忍不住露出歡喜得意的笑容，恨不得立即前去，在金榜獨占鰲頭，證明自己才華過人，也讓爹娘願得償，讓娘和妻子以他為榮……想到家人，笑容立刻凍結在他臉上。愣了一下，他立刻推辭說：「非常感謝太守的賞識。但因爹娘年事已高，為人子女的應隨侍在側，不宜遠行。萬不得已，

伯喈只好辜負太守的美意了。」

「呀？這可是求取功名的大好機會，放棄可惜啊！你要不要再考慮看看？」

「謝謝您的關心，伯喈的心意已決，希望差爺轉告太守，求他成全。」

「這……你的決定我會幫忙轉達，但太守肯不肯接受我就不知道了。」

「還是謝謝您的幫忙。」

送走了官差，蔡伯喈不禁擔心了起來，這事萬一讓爹知道，那可就糟了。

一直躲在內室偷聽他倆談話的趙五娘，一見官差離開，立刻急忙走進大廳，抓著蔡伯喈就問：「你真的不去京城考試？」

蔡伯喈才剛點完頭，就看到趙五娘滿臉的興奮雀躍。他訝異的問：「妳不怨我胸無大志，無法讓妳成為狀元夫人？」

趙五娘連忙搖頭，嬌羞的說：「我才不稀罕什麼狀元夫人呢！只要你……你能陪在我身邊……長長久久。」

妻子這麼的愛他，讓蔡伯喈更確認心中的決定。他緊緊握住五娘的手，說：「我不去追求那遙遠的功名

琵琶記

利祿，只想『執子之手，與子偕老』，和妳一起珍惜眼前這份平淡的幸福。」

趙五娘心頭一熱，淚水一下子湧上了眼眶。

蔡伯喈看著妻子水盈盈的眼中閃著幸福甜蜜的光芒，心裡一顫，將她緊緊擁入懷中，繼續輕聲解釋：「其實從懂事開始，我就知道爹一生最大的心願就是要我考取功名、光宗耀祖。聽話的我，也一直努力，希望能早日達成這個目標，讓爹歡喜。但，如今爹娘年事已高，妳又嬌弱無依，我怎麼忍心為了追求功名利祿而與你們久別呢？不如就這樣算了吧。」

趙五娘感動的許下承諾：「我會全心全力守著這個家，侍奉公婆，和你一起到白頭。」

「伯喈！伯喈！」

這聲音聽起來像是張太公的，而且還一路往大廳而來。原本親密相擁的兩人嚇得趕緊分開。

果然，沒多久就看到張太公氣沖沖的跨進大廳，一把抓住蔡伯喈，大聲的質問他：「伯喈，聽說你拒絕太守推薦，不去參加科考，是真的嗎？」

蔡伯喈才剛點頭，身後就傳來蔡父的怒吼：「什麼？有這回事？」

蔡父原本在房內休息，聽到張太公的聲音才出來

看看是怎麼回事，沒想到竟讓他聽到這樣的事。

「爹，您先別發怒，坐下來喝口茶順順氣，再聽我慢慢解釋。」

「你再說還不是那些推託的話！亂七八糟的理由一大堆，我才懶得聽！」蔡父火冒三丈的說。

「老頭子，你再提還不是科考的事，你以為我們就愛聽啊！」隨著蔡父踏進大廳的蔡母生氣的說：「我們就這麼一個兒子，又沒有七子八婿的，你還老是要趕他去參加科考，也不想想自己早已眼花耳聾年紀一大把，需要兒子在一旁照顧。」

「就是因為我們就這麼一個兒子，沒有七子八婿的，我不指望他我指望誰？」

「你呀，老是執迷不悟，萬一兒子去赴考，你卻有個意外而餓死凍死，到時候，就算兒子做了大官，已經做鬼的你也看不到。」

「只要兒子做了官，就能光宗耀祖，到時我就算已經做了鬼，也感到榮耀。」

「你──你真是個氣死人的老頑固！」

蔡母氣得一口氣差點提不上來，趙五娘趕緊去幫她拍背順氣，一顆心忐忑不安。

蔡伯喈不願爹娘為了他的事鬥氣，只好再次向父

親表明心意:「爹,您的心願孩兒明瞭,但孩兒實在放心不下您們,才不願遠行,參加科考。」

蔡父搖著頭,不贊同的說:「照你這麼說,上京趕考的人,都是家裡沒爹沒娘的才去?還是──你說放心不下我們兩老根本是個藉口,實際上是捨不得離開新娶進門的媳婦?」

「爹,孩兒不是因……」

「兒啊,你千萬別只顧戀著被窩裡恩愛,而誤了萬里鵬程啊!」

「爹,孩兒不遵從您的指示,絕對不是眷戀著夫妻恩愛,而是遵循古訓的教導:為人子女的,早上要向父母請安,晚上則要服侍父母就寢;時時對父母噓寒問暖,讓父母沒有後顧之憂。所以孔子說『父母在,不遠遊』。如果孩兒去求取功名,而讓爹娘獨留在家,萬一發生什麼事,一來人家會責罵孩兒不孝;二來人家也會批評爹見識短淺。就是因為這樣,孩兒才不敢從命啊!」

「兒子啊,你說得雖然有道理,但這些卻都只是小節,不是大孝啊!所

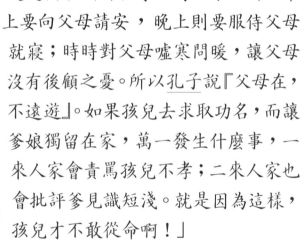

謂『孝』，最基本的是要侍奉自己的雙親；再來就要為國家、為君王盡忠；最終目標，則是要培養出優秀的人格，建立一番功業，使名聲顯揚於後世，讓父母也得到光彩，這才是大孝啊！你老是這樣找藉口不去求取功名，就是不孝。」

張太公是個愛才惜才的人，也在一旁勸說：「伯喈呀，十年寒窗苦讀，為的就是一舉成名天下知。你如果不去參加科考，豈不枉費了這些年的努力？你如果不衣錦還鄉，又有誰知道你讀了萬卷書啊？」

「太公說的是，但我……」

蔡父不聽兒子的藉口，直接插嘴說：「我再問你一次，你去不去？」

「我……」蔡伯喈瞥見母親一臉怨怒、妻子一臉擔憂，實在無法答應父親。

張太公看出蔡伯喈心中的牽掛，便說：「伯喈呀，你儘管放心去考試，不必為家裡擔憂。所謂『千錢買鄰，八百買舍』，老漢既然和你們當街坊，有事一定會幫忙照應的。」

「謝謝太公，但……」

「張太公都說要幫忙照應了，你還有什麼好放心不下？難道你真要當個逆子，讓我抱憾終生，死不瞑

目？」

　蔡父這重話一出，逼得蔡母閉口，更逼得蔡伯喈不得不點頭答應。

　一見兒子終於點頭答應，蔡父不願事情再有變化，立刻說：「好，這事就這麼定了。你趕緊去收拾行李，明天就啟程。」

　「明天？這麼快？」不只是蔡伯喈，連蔡母和趙五娘都嚇了一跳。

　「就是明天！免得耽誤了考試的時間。兒子啊，你可別讓我失望啊！」

　拗不過父親，蔡伯喈只好順從：「孩兒一定全力以赴，不讓爹失望。」

　他轉頭看向妻子，那晶瑩剔透的淚水沿著趙五娘低垂的臉龐靜靜滑落，揪得他好心疼……

第四章　臨別依依淚滿襟

　　一大早，<u>蔡伯喈</u>睜開惺忪的眼睛，發現妻子看著油燈發呆，臉上還掛著淚痕，心中吃了一驚。他眨了眨眼，還以為自己眼花了。等到看到桌上收拾好的行李，才想起今天是他進京趕考的日子，忍不住輕輕的嘆了口氣……

　　「啊，你醒了？趕快起來梳洗吧！」嘆息聲讓<u>趙五娘</u>回過了神，立刻開始準備梳洗用具。

　　「<u>五娘</u>……」<u>蔡伯喈</u>起來，從後面抱住忙碌的<u>五娘</u>。他有千萬分情意和歉意，卻不知道應該從什麼地方開始說起。

　　<u>蔡伯喈</u>的叫喚與擁抱瞬間揪住了<u>趙五娘</u>的心，酸苦的淚水再次迸出，想了一夜的千言萬語，只化為短短幾句話：「今天是我們新婚滿兩個月的日子，也是離別的日子。遠行的你，就算不念著我，也別忘了年歲已高的爹娘，一旦考取功名，可得早點回來。」

　　「妳說這是什麼話！妳是我的妻子，我怎麼可能

不念著妳呢？我蔡伯喈豈是個薄情寡義的負心漢？」

「唉……我很想相信你，但是你昨天才說不貪戀功名，轉眼間卻又答應爹進京趕考……」

「昨天的情形妳也看到了，妳應該明白我是萬不得已才答應爹的，並不是我善變啊！」

「我是明白你，我不明白的是，爹就只有你這麼一個兒子，為什麼非要你千里迢迢的去考試，而不留在身邊呢？功名利祿真的有那麼重要嗎？」趙五娘越說越氣憤，突然下定決心：「我現在就去跟爹說你志不在此，要他別逼你離家考試，要他別拆散我們，要他別……。」

「五娘，妳冷靜一點！」

「你都要拋下我走了，叫我怎麼冷靜？」

「就算妳去跟爹說明我倆的心意，但爹除了怪罪妳把我迷戀得不做正事外，會改變他的決定嗎？既然如此，妳又何必去落了個不賢的罪名呢？更何況我不是要拋下妳，我只是進京城考試，考完就回來了。妳要相信我啊！」

「我是很想相信你，但……」趙五娘噎住了聲，低頭輕輕啜泣。

蔡伯喈緊緊擁住她，輕拍她的背安撫著：「別哭了，

妳心裡的苦我能理解的……」

「你如果真的能理解，就不會答應爹了。」

「我……」

忽然聽到門外的腳步聲越來越近，<u>蔡伯喈</u>趕緊擦拭著<u>趙五娘</u>的淚水，說：「爹娘來了，妳趕緊將淚水擦乾，免得他們看見了不高興。」

<u>趙五娘</u>雖然氣憤公公的決定，但也不願在這個時候鬧彆扭，惹得公公生氣、婆婆不悅、丈夫牽掛，她只能將所有委屈往肚裡吞。

<u>趙五娘</u>才剛將臉上的淚水擦乾，<u>蔡父</u>、<u>蔡母</u>就踏進房門了。

<u>蔡父</u>一進門就問：「兒子啊，行李準備好了嗎？」

「五娘已經幫孩兒準備好了。」<u>蔡伯喈</u>回答說。

「那就趁著天色還早，快點上路吧！」<u>蔡父</u>說。

「時間還早，幹嘛急著趕兒子出門！」<u>蔡母</u>不滿的抱怨著，就是捨不得兒子出遠門。

「娘，您放心，孩兒不會有事的。早點出發……也才不會耽誤了行程。」<u>蔡伯喈</u>當然知道父親的心思。父親是擔心自己反悔，才急急忙忙的趕自己出門。他心中雖然還是一百個不願意，但也不想再讓雙親和妻子擔心，於是背起行囊，啟程前往京城。

一行人在大門口遇見來送行的張太公，蔡伯喈立刻上前行禮：「太公，晚輩這趟出遠門，家中就靠五娘照料。五娘是個女子，爹娘年紀又大，如果有什麼需要，希望太公能多多幫忙照應。晚輩以後如果有絲毫成就，必當報答您的大恩大德。」

　　「好說好說。既然受人之託，必當忠人之事。你儘管放心出門，認真準備科考，好金榜題名，衣錦榮歸。到時，不但你們蔡家光彩，身為街坊的我也跟著沾光啊！」

　　蔡伯喈再三向張太公道謝，才與父母拜別，然後由妻子陪著出了門。

　　一路上，兩人心裡雖然都有千言萬語想向對方傾訴，但因離愁滿懷，無法開口，只能默默無語。

　　到了東郊，兩人終於要離別了。

　　趙五娘幾次欲語還休，最後才勉強開口：「聽說京城是個熱鬧繁華的地方，那裡的姑娘個個天姿國色、嬌美迷人，你可別被迷得忘了回家。」她說出心裡最大的擔憂。

　　「妳說這是什麼話？」見她臨別前還對他如此放心不下，蔡

伯喈再三跟她保證。「我蔡伯喈絕對不是一個薄情寡義的負心漢！妳要相信我！」

「我是很想相信，但你這一去千里迢迢，下次要再相見不知道要到什麼時候了，我心裡不安啊！」

「妳儘管放心，考完試我一定盡快趕回來，絕不放妳獨自撐著這個家。」

「你別忘了你的承諾，更別忘了我可以等，但高齡的爹娘可不能等啊！」

「我知道。我不在的日子裡，家中的一切就拜託妳了。」

「嗯。」

琵琶記

蔡伯喈留戀的望著趙五娘，她那雙亮晶晶的眼眸，飽含著擔憂的淚水，卻又拚命眨眼，努力的不讓淚水流下，讓他看了好心疼，不由得嘆了口氣：「唉……妳……妳要好好保重！」

「你也要好好保重！別忘了要常常寫信回來！」

「我會的。」

蔡伯喈走沒幾步路就不停的回頭，直到再也看不到趙五娘的身影，才毅然決然的離去。

　　另一邊，望著丈夫漸行漸遠的背影，趙五娘強忍的淚水紛紛飄墜……

　　淚眼瞥見花叢裡蝶兒成雙、樹上燕兒成對，她心中一陣苦楚——

　　明明是滿眼春色，為何我的心卻像寒冬一樣的冷呢？

第五章　庭院深深春意濃

　　春風不只綠了<u>江南岸</u>，綠了<u>陳留郡</u>，更綠了熱鬧繁華的京城——<u>洛陽</u>。

　　<u>洛陽</u>城東，是王公貴族聚集的地方，屋宇高聳入雲，門楣一戶比一戶高。在這片高門華屋中，有一棟特別寬敞宏麗、富麗堂皇的屋宇，這正是權重當朝、富傾全城的<u>牛</u>太師府第。

　　位高權重的<u>牛</u>太師是皇上跟前的大紅人，在朝中的權勢無人能及，可以說是一人之下、萬人之上。他喪妻多年，僅有一個女兒。

　　<u>牛</u>小姐在京城有第一美女的稱號，不但仰慕者如過江之鯽，上門提親的人更是不少，其中不乏京城的青年才俊、當朝權貴，甚至是皇親國戚，但是<u>牛</u>小姐對婚事就是不肯點頭，所以至今仍未定下婚約。對這唯一的掌上明珠，<u>牛</u>太師當然疼愛有加，事事順著女兒的心意，連婚事也不敢擅自替她做主。而且他也捨不得讓寶貝女兒太早出嫁，既然女兒不同意婚事，他

也樂得加以婉拒。

只是轉眼間，女兒都已經十七八歲了，婚事卻一直沒有定下來，再拖延下去，他還真擔心誤了女兒的終身。

這天，正是春日融融，牛府後院花團錦簇，生意盎然。

忽然間，有個嬌俏的身影在層層迴廊中穿梭奔跑，直往後院的繡房奔來，奔跑聲和嘴裡的叫嚷聲，打破了後院的寧靜。

「小姐！小姐……」

繡房裡的牛小姐無奈的嘆了口氣。

一個俏麗的身影奔進繡房，看到牛小姐，便又開心的嚷著：「小姐，剛剛又有兩個媒婆來提親了！一個是張尚書府裡派來的，一個是李將軍家派來的。那兩個媒婆各為其主，一個說張公子人俊才高氣度好，與小姐您最登對了；一個說李公子見多識廣人品高，絕對是老爺東床快婿的最佳人選。兩人極盡所能的貶低對方，吹捧自家的主子，吵到差點大打出手，惹得老爺吹鬍子瞪眼睛，差點要不顧張尚書和李將軍情面，讓劉總管將他們轟出去呢……」

「惜春。」

雖然牛小姐的聲音不大，卻制止了惜春滔滔不絕的敘述。

「啊？」惜春頓了一下，回過神後馬上知道自己興奮過頭闖了禍，趕緊賠罪：「小姐，奴婢知錯了。」

「哪兒錯了？」

「奴婢不該在迴廊裡奔跑，不該大聲喧譁，但──奴婢就是忍不住呀！」

「妳呀，老是這麼沒規矩，如果讓我爹知道了，絕對免不了一頓責罰。」

惜春這才想起牛府規矩很嚴格，剛剛一路奔來，許多僕人都看見了，搞不好已有人去前廳向老爺稟報了。

她焦急的說：「小姐，奴婢是關心您的終身大事，才一時忘了規矩。如果老爺要責罰，您一定要幫奴婢求情啊！」

惜春畢竟是自己的貼身丫鬟，牛小姐也捨不得她挨罰，但還是得說說她：「妳呀，再不改改妳那毛毛躁躁的性子，哪天闖了大禍，我可救不了妳。」

「多謝小姐！惜春一定改！一定改！」

牛小姐可不信惜春真的會改，正所謂「江山易改，本性難移」啊！

「這幾年，上門提親的媒婆多不勝數，這早就已經是稀鬆平常的事，有什麼值得妳這麼大驚小怪的?」

「可是提親提到敢在老爺面前大打出手的，奴婢可是初次見到，當然要趕快來向小姐稟報，讓您知道您的行情有多好，大家搶著要呢!」惜春理由十足的說。

「妳當我是貨物，讓大家搶著啊……」

「才不呢!奴婢當小姐是住在天上的玉女神仙，大家搶著娶回家用香花供著呢!」

「還要不要加個素果啊?」牛小姐好氣又好笑的問。

「呸呸呸，小姐，您幹嘛說這尋自己晦氣啊!」惜春一臉認真的說。

見小姐不以為意的笑了笑，惜春也不在此事上打轉，換個話題說:「小姐啊，您貌美如花，溫柔賢淑，知書達禮，琴棋書畫樣樣行，縫紉刺繡樣樣精……」

牛小姐哭笑不得的打斷她滔滔不絕的讚美辭:「怎麼?妳剛剛才聽了媒婆們一席話，吹捧的功夫倒是立刻增進了不少嘛。」

「小姐，惜春是實話實說，才不是吹捧您呢!只是，這幾年上門提親的對象，不論是青年才俊、當朝

權貴或是皇親國戚，您都不肯點頭，那您究竟要嫁給誰？難不成——您要嫁給皇上當貴妃？」

「妳少胡言亂語了！」牛小姐不喜歡和一群人爭寵，所以無論是當妃子或是當皇后，她可是一點興趣也沒有。

見小姐板起臉孔，惜春立刻輕拍自己的臉說：「是奴婢胡言亂語，自己掌嘴。可是，小姐啊，您老這麼東挑西揀的也不是辦法，青春年華轉眼即逝啊！」

「妳是怕我老了嫁不出去，還是收了哪個媒婆的好處來當說客？」

「才不是呢！奴婢是為小姐的終身幸福著想。惜春悄悄打聽過，上門提親的人裡面，有不少無論是外貌、才學、品行、家世都是上上之選的，小姐錯過了真的很可惜。奴婢擔心，小姐如果還是對自己的婚事這麼漫不經心，恐怕又要錯過許多締結良緣的機會，才大著膽子說的。小姐為我取名為『惜春』，不就是要時時提醒自己，春光易老，要好好珍惜青春年華，找個如意郎君共度此生嗎？」

惜春的話觸動了牛小姐的心。仔細想想，自己年紀的確不小，無法再蹉跎了，但……

「爹只有我這麼個女兒，我如果出嫁了，誰來孝

琵琶記

順他呢？」

「小姐，原來您是怕老爺沒人陪伴才不肯嫁呀！」<u>惜春</u>靈活的眼珠轉呀轉，忽然靈光一現，開心的叫說：「有了！小姐，您可以招婿入贅呀！如此一來，既得了個如意郎君，又可以孝順父親，一切問題不就都解決了嗎？」

<u>牛</u>小姐想了想，臉上露出笑容，說：「這的確是個好法子。」

「那我們趕快討論一下，看能不能從上門提親的人選中，為您挑出適合的夫婿來。」<u>惜春</u>說完，就一溜煙跑出門外，忙著安排去了。

<u>牛</u>小姐轉身看著窗外楊柳絲絲綠，桃花點點紅，蝶兒雙雙，鶯兒對對，滿園春意濃，她臉上的笑意也更濃了……

第六章　金榜題名惹桃花

　　離鄉背井的蔡伯喈，雖然滿懷離愁，但沿途所見所聞，不但增廣了他的見識，拓寬了他的視野，還讓他深深體會到「行萬里路勝讀萬卷書」的道理。

　　尤其是一到了洛陽，熱鬧繁華的景象，不只讓他看花眼，更撼動他的心。但，他並沒有忘了此行的主要目的。

　　他住在郊外一家簡樸的客棧，焚膏繼晷，全心全意準備科考，盼能完成父親的心願，金榜題名，榮歸故里，也好早日與家人團聚。

　　好不容易終於考完科考，蔡伯喈走出貢院，無事一身輕的漫步在洛陽城裡筆直寬廣的道路上，看著街道上一輛接著一輛的豪華馬車，望著道路兩旁一戶接著一戶的高大房子，心中突然有份奇想：「如果我真的榜上有名，一定要搭乘像這樣子豪華亮麗的馬車回家，讓爹感受到無比的光彩和榮耀。然後接爹、娘和五娘一起來京城，住進像這樣高大富麗的房子，全家團聚，

共享富貴榮華……」

　　想到這兒，他不由得暗嘆一聲：「原來自己也只是個愛慕榮華富貴的俗人啊！但是，如果能讓家人錦衣玉食、和樂安康，就是當個俗人又有什麼關係！」

　　放榜後，蔡伯喈果然高中狀元。在眾人的道賀聲和震天響的鞭炮聲中，他好像在雲端漫步一樣。

　　好不容易擺脫賀喜的群眾回到客房，正準備拿出筆墨，寫信向家人報喜，蔡伯喈就聽到掌櫃在叫門：「狀元公！狀元公！快開門！河南府尹派人來接您去杏園參加瓊林宴了！」

　　蔡伯喈知道瓊林宴是朝廷為所有新科進士們所舉辦的慶宴，便立刻開門。

　　門一開，掌櫃就衝了進來，後面還跟著三四個官差，個個手上捧著錦衣羅帽，說：「請狀元公更衣。」

　　脫下布袍，換上錦衣，戴上羅帽，蔡伯喈更顯得風采翩翩，氣宇軒昂。

　　出了客棧，跨上河南府尹特地為他備好的金鞍駿馬，蔡伯喈一行人便浩浩蕩蕩、風風光光的前往杏園。

這天，京城裡萬頭攢動，人人擠上街頭，只為一睹新科狀元的丰采。

　　擁塞的人潮擠得路上水洩不通，別說馬車了，連轎子都無法通行。要到廟裡上香祈福的牛小姐，就這樣被卡在半路上動彈不得。

　　「惜春，出了什麼事，今兒個京城的人怎麼全擠到街上來了？」牛小姐問，坐在轎裡的她第一次碰到這種景象。

　　惜春興沖沖的回答說：「小姐，大家都是為了看新科狀元，才都擠在街上的。」

　　牛小姐聽了淡淡的說：「喔。原來又到了科考放榜的時候了。」

　　相對於牛小姐的冷淡，惜春可是興奮得不得了。她深深覺得，真是擇日不如撞日啊！一向大門不出、二門不邁的小姐，難得今天出門上香，身為貼身丫鬟的她，才有幸看到新科狀元的模樣。

　　怕小姐等久了在轎裡發悶，她連忙將剛剛沿路聽到的小道消息與小姐分享。

　　「小姐，聽說新科狀元不但人長得俊，文才更是高，曾有人出了個『星飛天放彈』的對子給他對，他連一步都不用走，馬上對出『日出海拋球』的句子來。

還有啊……」

　　正當牛小姐聽出興致來，忽然聽到人群中一陣喧譁，接著傳來惜春興奮的喊叫聲：「小姐，來了來了！新科狀元往這兒過來了！」

　　透過轎簾，牛小姐遠遠瞧見那大家爭相目睹的新科狀元，的確是個俊逸絕倫、儒雅不凡的男子，那神采飛揚、顧盼自得的模樣，令她的心狂跳了起來，眷戀的目光不停的跟著他的身影移動。

　　「小姐，這新科狀元長得還真俊俏呀！」

　　惜春的聲音令牛小姐回過神來，想到自己方才的失態，紅暈漾滿雙頰。

　　惜春看到小姐的模樣有些怪異，心中暗自猜測剛剛到底發生了什麼事，可以讓一向不隨意表露自己真實情感的小姐，一下子變得如此嬌羞可人。

　　漆黑的眼珠子轉呀轉，聰慧的惜春立刻明白了小姐的心思。她故意說：「小姐呀，既然『遇春』，就要『惜春』啊！」

被說出心事的牛小姐，窘迫得不得了，趕緊故作鎮定說：「少貧嘴，快打道回府。」

惜春聽了，故意裝迷糊的問：「噫？小姐，您不是要去廟裡上香祈福嗎？怎麼一見到新科狀元，連廟都不用去了？」

這下牛小姐不只臉紅，連耳朵都紅了。

第七章　愛女願嫁狀元郎

　　牛太師下朝回到府邸，腦海裡還迴盪著先前皇上跟他說的話：「牛愛卿，聽說令千金正值花樣年華，溫柔賢淑，才貌兼備，雖然上門提親的人絡繹不絕，卻因為一直沒能找到合意的對象，至今仍未定下婚事。朕見新科狀元蔡伯喈才學高，品行佳，人俊美，是個不錯的人選。愛卿考慮看看，如果有意招他為婿，就由朕主婚，成就這段良緣……」

　　牛太師明白，皇上尊重他是朝廷重臣，不想為難他，才私下與他商議。他很感激皇上的用心。萬一皇上連問都沒問，就直接下旨賜婚，而他家女兒卻不點頭的話，他是寧願冒著殺頭之罪抗旨拒婚，也不願為難她的。不過話說回來，新科狀元蔡伯喈還真是個不錯的人選，就不知道女兒的心意如何。

　　午餐後，牛太師跟女兒提起了這件事，想聽聽她的意願。牛小姐一聽婚配對象是新科狀元，瞬間羞紅了臉，低頭沉默不語。

牛太師搞不清楚女兒是因為商議婚事而害羞，還是對新科狀元有意，只好再問個清楚，以免弄錯女兒的意思，造成遺憾。

「女兒啊，這婚事妳的心意如何，總得明確跟爹說清楚，明天爹才能給皇上個答覆啊。」

牛小姐羞得頭都不敢抬起來，好不容易才吞吞吐吐的說：「女兒……一切由爹做主。」

一說完，她就急急忙忙的離開大廳，奔回房間。

「噫？」

女兒怪異的舉止令牛太師感到相當納悶。以前每次跟女兒提到婚事，她總是說「不急，女兒還想在家裡陪陪爹」，今天卻說「女兒一切由爹做主」，意思是說她想嫁了嗎？他會不會弄錯女兒的意思呢？

抬頭看到女兒的貼身丫鬟不但沒跟著回房，一雙眼睛還偷偷的瞄著他，好像有滿肚子的話要說，便開口問她：「惜春，小姐是怎麼回事？妳說清楚。」

「是的，老爺。」

惜春立刻將幾天前，小姐巧遇新科狀元的情景加油

添醋的敘說一番。牛太師聽了有些心喜，卻又覺得心酸。唉，女兒終於有意中人了，不再以爹為天為地了。

惜春退下後，他望著天上的悠悠浮雲，細細思索起女兒的婚事。

他約略聽聞新科狀元蔡伯喈是陳留郡人，由他先是投宿在城郊簡樸的客棧，後在客棧掌櫃協助下，租了一棟簡樸的屋舍當官邸來看，可見其家境並不優渥。

這個窮小子，如果知道位高權重的牛太師想要他入贅為婿的話，必定欣喜若狂，畢竟滿朝文武誰不費盡心思，想與他牛太師結為親家？除了能娶個如花美眷入門外，日後更能官運亨通啊！

那蔡家小子真幸運，什麼都沒做，只因讓他女兒瞧上眼，就輕鬆的一步登天。有他這雄厚的靠山在，這小子往後在朝中的官職絕對只升不降啊……

意識到自己竟然跟未來的女婿吃起醋來，牛太師苦笑著嘆了一口氣，慶幸自己是招婿入贅而不是嫁女兒，要不然他必定會更加不捨啊！

「算了！只要蔡家小子以後好好對待我的寶貝女兒，我是絕對不會虧待他的。」

這時，劉總管來報：「老爺，有個張媒婆來訪，老爺是要接見，還是請她回去？」

牛太師想了一下，既然皇上有意主婚，女兒也有意思，這樁婚事還是別再拖延的好。便說：「請她進來吧！」

「是。」劉總管立刻去將張媒婆帶了進來。

張媒婆會來牛府拜訪，當然是為了牛小姐的婚事來的，她有幾個不錯的人選，特地來探聽探聽牛太師的意思。但一聽到牛太師說到皇上的聖意，她立刻將原先的人選拋到一邊，眉開眼笑拍著胸膛說：「這件親事，一來是奉皇上聖旨，二來託您牛太師的威名，三來牛小姐才貌兼備是眾人皆知，這麼大的福分降臨，蔡狀元哪可能有異議？他絕對是大呼謝皇上隆恩、謝太師賞識、謝祖上積德啊！他真是上輩子燒好香，這輩子才有這樣的好機運！」

「那這事就交由妳來辦，事成之後，老夫必定奉上豐厚的謝禮。」

「太師，您放心，這件親事張媒婆我絕對給您辦得妥妥當當的。」

一領命，張媒婆立刻轉身告辭，就要去跟蔡狀元通報這個好消息。

在書房忙著整理書籍的蔡伯喈，聽到門房通報有個張媒婆來訪時，覺得有些莫名其妙，但禮貌上還是接見她。

在聽完張媒婆天花亂墜的說明來意後，蔡伯喈想都不想就回答：「對不起，這件事我沒有辦法同意。」

原本以為這次的任務是十拿九穩的事，沒想到竟然得到這樣的回應，張媒婆驚訝得下巴差點要掉下來：「您不答應？狀元公啊！您知道全京城有多少人想要結成這門親事嗎？您的祖上不知道積了多少德才有這樣的福報自動送上門來，您竟然想都不想就往外推？為什麼？」

「因為蔡某在家鄉已經有妻室了。」

「什麼？您……您……說什麼？」張媒婆還懷疑自己是不是聽錯了。

「我說，我已經結了婚了。」

「您……您確定？」

「有沒有結婚我自己還不清楚嗎？我當然確定！」

「您……您已經有老婆了？」張媒婆的眉頭皺得要多緊就有多緊。「慘了！這下子該怎麼辦？我要怎麼

琵琶記

對太師交代？」

　　沒能和牛太師結親，蔡伯喈一點也不惋惜。他雲淡風輕的說：「蔡某只有感謝皇上和太師的錯愛了。」

　　這話可嘔得張媒婆捶心肝，一口氣差點喘不過來。但她已經在牛太師那兒誇下了海口，眼看豐厚的謝禮就要到手，豈肯就此輕易放棄？

　　她想了想，說：「其實也不是沒有辦法，狀元公只要休妻再娶，便可成就這樁……」

　　張媒婆話未說完，便被蔡伯喈給打斷。

　　「胡來！怎麼可以為了娶官家千金，就將之前娶的妻子休離？我蔡伯喈豈是個薄情之人？」

　　「自古以來，這麼做的人多得不勝枚舉，你又何必……」

　　「別人的事我管不著，但我蔡伯喈絕不做負心漢、薄情郎！」

　　「您您您您您……我……」張媒婆差點忘了身分就要罵蔡伯喈「死腦筋」，情急之下連說話也變得結巴了。

　　蔡伯喈輕哼一聲，不理會她。

　　緩了一口氣，張媒婆再耐著性子勸說：「狀元公啊，與牛府結親，對您絕對有大大的好處。先別說牛小姐

本身溫柔賢淑、才貌雙全，絕對是個旺家旺夫的賢內助；牛太師可是一人之下，萬人之上，集權勢富貴於一身，有他當岳父，日後您絕對能平步青雲，官運一路亨通呀！」

「我不屑這種要以妻子來換取的榮華富貴！」

「狀元公，難道別人燒香拜佛也求不來的好運，您就這樣白白糟蹋？」

「我情願將這好運拱手讓人。」

「您──真不識好歹呀！」

張媒婆簡直要氣得七竅生煙了！她還真沒見過這樣不知好歹的人，任憑好話說盡，都絲毫不能打動他。要不是對方一個是當朝太師，一個是當今狀元，她早就拂袖而去了。既然敬酒不吃，張媒婆只能端出罰酒來了：「狀元公，您仔細想想，今天太師賞識您，想要招您為婿，您卻這麼不識抬舉的一口拒絕，讓太師顏面掃地。以後在官場上，您還能春風得意嗎？」

蔡伯喈聽了一呆，他的確沒有考慮到這樣的後果。

看這招有些奏效，張媒婆繼續說：「狀元公，跟您實話實說吧！牛太師是賞識您、看重您，才讓老身先來知會您一聲，讓您知道您有多幸運，能娶牛小姐為妻。要不然他大可直接請皇上下旨賜婚。這樣一來，

就算您有三妻四妾，還能不全休了再娶嗎？到時您還能為了元配而違旨抗婚嗎？」

蔡伯喈聽得驚出一身冷汗。他當然知道違旨抗婚的後果有多悽慘，不但自己可能丟官入獄，還可能連累到家人⋯⋯

其實自從瓊林宴後，他就一直為了是要留京任職還是辭官回鄉而猶豫不決。如果待在京城，就要接家人前來團聚，但爹娘已經八十歲高齡了，怎麼忍受得了長途奔波勞頓的辛苦呢？

雖然這狀元的頭銜他一點都不稀罕，但是既然辛辛苦苦的考上了，還沒有一展抱負就這樣放棄，辭官回鄉，他又覺得可惜⋯⋯可他又不想和家人長期分隔兩地啊！

就是因為陷入兩難，他才遲遲沒有寫信回家，告訴家人他考上狀元的大好消息。不過現在，張媒婆來提親這件事讓他心裡有了決定。

「張媒婆，妳不用再多說了，明天我就稟報皇上，辭官回家。」

「什麼？」張媒婆這下連眼珠子都要掉出來了。

第八章　聖命難違再婚配

「什麼？他家鄉已有妻室了？」牛太師原本以為這椿婚事算是良緣天成，沒想到竟然節外生枝。難道就這樣算了嗎？

張媒婆擔心她豐厚的謝禮飛了，趕緊在一旁鼓起三寸不爛之舌：「太師，其實有個好方法，只要蔡狀元把妻子給休了，不就可以和牛小姐締良緣了？那麼……」

被牛太師的大眼一瞪，張媒婆滿腹的話語全噎在喉頭出不來了。

牛太師心想，張媒婆這話也不是沒有道理，但是要逼迫人家把妻子給休了來娶自己的女兒，好像又說不過去。我女兒就這麼沒有行情不成？就一定要嫁給他蔡伯喈？可是看之前女兒的那個樣子，好像真的很喜歡人家。嗯……還是先探探女兒的心意，再來決定這件事要怎麼處理好了。

「妳先回去吧！」

「太師……」張媒婆驚恐的望著牛太師，深怕他怪罪她辦事不力。

「這件事先別向任何人提起。」

「喔？是……是。」

牛太師示意劉總管送張媒婆出去後，自己便慢慢的往女兒的房間走去。才走到門口，他就聽到屋裡傳出女兒和丫鬟談話的聲音。

「……要不是我幫您跟老爺說，老爺哪有可能知道小姐您那七彎八拐的心思。事成之後，小姐，您可要好好謝謝我這個紅娘喔！」

「誰要妳多事。」

「小姐嫌我多事？那好，聽說老爺派去向蔡狀元說親的人已經回來了，奴婢我就不『多事』去幫小姐打聽了。」

「妳──」

聽了一會兒的牛太師並沒有去敲女兒的房門，而是慢慢走向半掩的窗口，將屋內的情形看得一清二楚。

惜春邊幫牛小姐梳妝，邊看她又急又要保持矜持的神情，心裡覺得好笑。故意鬧著她玩：「小姐呀，誰叫您都還沒有成親，就想將我這紅娘丟出牆去！」

「妳──不打聽就算了，我也不稀罕。」牛小姐

裝作不在意的說。

「真的不稀罕？」

「哼！」牛小姐氣惜春明明知道她的心思，還故意逗她。

「小姐小姐別生氣，幫您梳妝完，奴婢馬上去幫您打聽。」

「我又沒要妳去。」牛小姐彆扭的說。

「是是是，小姐沒要我去，是奴婢自己『多事』，非要去打聽不可。好不好？」

見小姐不再氣惱，惜春接著說：「其實啊，這事根本不用費神去打聽，就知道結果一定是：蔡狀元得知能與小姐結婚，欣喜若狂，立刻答應。」

「妳又知道了？」

「奴婢當然知道。這幾年上門提親的媒婆，差點沒將我們牛府的門檻給踩平了，而那些託媒婆來說親的人，不論才華多好、權勢多高，小姐您都沒點頭，卻唯獨看中那窮酸的蔡狀元。這麼大好的機會落在頭上，聰明的蔡狀元哪會將小姐您這天姿絕色、如花美眷往外推？所以啊，您就等著當最美麗的新娘吧！」

惜春一席話，說得牛小姐心花怒放，綻放出甜美幸福的笑容來。

　　看到小姐笑了，惜春更是大開她的玩笑：「小姐，幸虧有蔡狀元讓您瞧上眼，要不然這樣一年拖過一年，小姐您就真的要做老姑婆囉！」

　　「妳少貧嘴。」

　　女兒和丫鬟的談笑聲，刺得窗外牛太師的心好痛。他默默走出女兒居住的庭院。在外等候的劉總管看見牛太師臉色不對，知道他一定是為了小姐的婚事在煩心，便想試著抒解主人的煩憂：「老爺，蔡狀元並非不識抬舉，而是個有情有義的人。他進京趕考，家裡八十歲的老父老母都是由他的妻子代為奉養盡孝，如果他現在因為老爺的賞識，就急著把妻子給休了，這樣的急功好利之徒，又怎麼配得上我們家小姐呢？」

牛太師聽了才稍微釋懷了些，但仍是氣呼呼的。

　　「就算是這樣，他也應該給我點面子吧！還說什麼明天要向皇上辭官返鄉，他這不是擺明了要我和我女兒的顏面掃地嗎？」

　　「老爺，年輕人不懂應對進退，您就別跟他計較了，免得氣壞了身子。」

　　「我身子氣壞事小，我女兒名譽受損才嚴重。這事如果傳了出去，人家會怎麼議論我女兒？到時候她還要不要嫁人啊……」說到這兒，牛太師忽然想起惜春剛剛說的話。

　　「這幾年上門提親的人雖多，女兒卻都看不上眼，偏偏看上了那個已有妻室的窮酸狀元。如果這次婚事不成，恐怕女兒的青春真的要繼續蹉跎下去，更別說她會有多難過了……」

　　想到女兒的心情，他就萬般不捨。

　　抬頭望著天上的燦爛星辰，牛太師語氣堅定的說：「就算女兒要天上的星星月亮，我都會想法子摘下來給她，更何況只是個窮酸狀元！哼！想要辭官回鄉？那好，我現在就進宮請皇上下旨賜婚，讓他見識見識我牛太師的能耐有多大！」

　　「老爺，您可別意氣用事啊！」

「我沒意氣用事，而是深思熟慮。你去備轎，我要馬上進宮面聖。」

知道牛太師一拿定主意就不更改，劉總管也只能乖乖的聽命。

第二天早朝，站在文武百官中的蔡伯喈正思索著該如何呈表上奏的時候，卻聽到皇上下旨，命他與牛太師的女兒即刻完婚，嚇得他冷汗直流，一句話都說不完整：「皇上，微臣……微臣……」

看著蔡伯喈的樣子，皇帝覺得好笑。這新科狀元雖然滿腹經綸、外表俊逸，但終究只是個沒見過世面的窮酸書生，難怪聽到能與牛太師的女兒共結連理，就驚喜得渾身顫抖。

「蔡愛卿，看你一聽到朕下旨賜婚，就欣喜得渾身發抖，朕也為你感到高興！看來朕這個『月老』當得相當稱職，馬上成就了一椿好姻緣啊！」

「皇上，微臣……」

牛太師豈能讓蔡伯喈向皇上解釋他已經娶妻的事，連忙打斷他的話：「叩謝皇上，既為小女覓得良緣，也了卻了臣多年來的心事。」

皇上聽了龍心大悅，哈哈大笑說：「牛愛卿，朕也要恭喜你得到如此佳婿。」

其他大臣也紛紛上前向牛太師道賀，一向莊嚴肅穆的朝會，頓時熱鬧了起來。

牛太師志得意滿的瞥了蔡伯喈一眼，繼續和大家應酬著。

蔡伯喈眼見情勢已難以挽回，一時間，無限心酸湧上心頭。想到自己曾經信誓旦旦的跟趙五娘保證，絕對不會做負心漢、薄情郎，但如今卻無法信守承諾……想到日後不知該如何面對全心全意對待自己的趙五娘，他的眼眶漸漸溼了，視線也模糊了。

男兒有淚不輕彈，只是未到傷心處啊！

第九章　含辛茹苦盼郎歸

自從蔡伯喈離開後，趙五娘就天天數著日子。數過春去，數過夏來，數過秋走，數過冬臨。數得她好心急、好煩悶，卻仍得不到蔡伯喈的任何訊息。她整天憂心忡忡，常常夜半驚醒，望著天邊的孤星流淚到天明。

天亮後，她要趕緊擦乾眼淚，故作堅強，以穩定公婆的心，免得愛胡思亂想的老人家憂心成疾。可是——她真的快撐不住了呀！

而且，她除了心累，生活也快過不下去了。

蔡伯喈走後，陳留郡碰上了幾十年來罕見的乾旱，田裡沒有任何收成，幸虧家中有些積蓄，生活還勉強維持得下去。可是再這樣下去，遲早會有坐吃山空的一天，到時候該怎麼辦呢？趙五娘搖了搖頭，憂心忡忡的往前廳走去。

還沒來到前廳，遠遠的就傳來蔡父、蔡母的爭吵聲。趙五娘心想：「唉，又來了。」

她才走進前廳，就看見<u>蔡</u>母一把鼻涕一把眼淚，指著<u>蔡</u>父的鼻子大罵：「都是你這個死老頭，兒子在家好好待著就好，你卻非要拼死拼活的硬逼他進京趕考，搞得現在音訊全無，生死未明。你還我的寶貝兒子來！」

「這怎麼能怪我！我只叫他進京趕考，又沒有叫他去了就不要回來。」

「你還好意思推卸責任！如果當初你沒逼<u>伯喈</u>出遠門，現在這個家起碼還有他這根樑柱可以撐著，不用靠<u>五娘</u>裡裡外外瞎忙，搞得一個家都快垮了。」

因為遲遲得不到<u>蔡伯喈</u>的消息而心急的<u>蔡</u>母，除了對<u>蔡</u>父有氣，對<u>趙五娘</u>這個兒媳婦也不怎麼滿意，既氣她三餐越煮越差、不會理家，更氣她沒留住兒子的心，讓他一出門就像斷了線的風箏，毫無消息。

聽到婆婆的指責，<u>趙五娘</u>尷尬的站立一旁，低著頭，默默的將所有委屈往肚裡吞。

<u>蔡</u>父忍不住跳出來說了句公道話：「這一年來，<u>五娘</u>對我們、對這個家已經夠盡心盡力了，妳就別再無理埋怨了。」

<u>蔡</u>母想起這一年來，<u>趙五</u>

娘為了不讓這個家分崩離析，咬著牙拚命苦撐的辛苦，心裡也感到有些歉疚。可是她還是有一肚子的氣要發。既然不好罵兒媳婦，只好繼續罵蔡父出氣。

「反正說到底都是你這死老頭的錯！要兒子金榜題名，要兒子光宗耀祖，要兒子做這做那的，才弄成今天這種局面。現在鬧大旱、鬧饑荒，就算以後兒子真的中狀元當大官回來，你也早就成了餓死鬼了！」

蔡父嘴硬的說：「當餓死鬼又怎麼樣？反正我也活到八十多歲，夠本了。只要兒子能光耀門楣，我就算當餓死鬼，也能含笑九泉。」

「你這個死老頭，到現在還執迷不悟，真是氣死我了！」

「哼！」

蔡父不但一點悔改的意思也沒有，還一副趾高氣揚的模樣，氣得蔡母怒火中燒，口不擇言的說：「好，你就躺在棺材裡當餓死鬼，等著以後兒子當大官，用三牲素果來祭拜你，到時候看你還笑不笑得出來！」

琵琶記

「我就笑給妳看！」

「你──」

趙五娘見公公婆婆吵得不可開交，趕緊出面勸阻說：「爹，娘，您們都在氣頭上，難免出口沒好話，不如先坐下來喝杯茶，消消氣吧！」

「哼！」蔡母察覺自己的確說得過分，卻又不願示弱，冷哼了一聲才坐了下來。蔡父也接過媳婦端過來的茶杯，喝口水潤潤喉。

趙五娘看公公婆婆的情緒已經緩和了下來，便接著說：「娘，當初爹要伯喈去應試，除了想要光耀門楣外，也是希望十年寒窗苦讀的伯喈能一展長才，讓他除了是我們家裡的支柱外，也能成為國家的棟樑。如果爹知道伯喈一去會沒消沒息，如果爹知道會有現在的饑荒，他是絕對不會讓伯喈出門的。您就別再怪爹了。」

蔡父不停的點頭：「還是五娘了解我的苦心。」

「那是五娘懂事，不跟你計較。」蔡母瞪了蔡父一眼，跟著緊握住趙五娘的手說：「只怪娘當初沒有堅決反對到底，今天才苦了妳。」

「娘，您千萬別這麼說，這一切都是媳婦應該做的。」

「唉，眼見大旱沒有好轉的跡象，饑荒越鬧越嚴重，家裡又沒積蓄沒存糧，往後的日子怎麼過啊？」除了兒子一點消息也沒有讓蔡母憂心外，家裡的困境也是讓她煩躁不安的一大主因。

「娘，您別擔心，家裡的積蓄和存糧雖然不多，但我還有些金釵、玉簪，雖然沒有多值錢，但拿去典當，還是可以撐過一些日子。到時候，說不定伯喈就回來了，還為我們帶來他金榜題名的喜訊呢！」

「希望如此，希望如此啊！只是……只是太對不起妳了。」

「娘，這本來就是媳婦應盡的本分，您這麼說，我怎麼承受得了啊。您和爹在這裡先歇會兒，媳婦去準備午餐。」

「嗯，妳去忙吧！」

趙五娘進了廚房，看到米缸裡所剩不多的食糧，想起蔡伯喈臨行時所說的話：

妳儘管放心，考完試我一定盡快趕回來，絕不放妳獨自撐著這個家。

想到這裡，她的眼淚立刻嘩啦嘩啦掉下來，心裡忍不住吶喊著：

伯喈，你說考完試，一定盡快趕回來，絕不放我獨自撐著這個家，為什麼去了一年多了，你還不回來呢？

難道是被京城裡嬌豔美麗的姑娘給迷得忘了回家的路嗎？

可你說你絕不是個薄情寡義的負心漢啊！

難道你忘了你的承諾，忘了我可以等，但高齡的公公婆婆不能等嗎？

我守著我對你的承諾，盡心奉養公婆，守著這個家，你呢？

你為什麼沒有守著你的承諾？你為什麼還不回來呢？

為什麼？

第十章 天災人禍恐斷炊

　　又過了兩年，<u>趙五娘</u>還沒把<u>蔡伯喈</u>給盼回來，日子卻一天比一天過得更艱苦困難，因為<u>陳留郡</u>的旱災不但沒有減緩，反而越來越嚴重，饑荒當然也越演越烈。

　　這兩年來，她不但把自己僅有的金釵、玉簪全拿去典當，甚至連家裡稍微值錢的東西也都全送進當鋪去了，加上<u>張太公</u>三不五時的周濟，日子才勉勉強強過了下來。可是，如今米缸又見底了，下一餐的米糧卻還不知要上哪兒去籌呢。她年紀輕，還耐得住餓，但公公婆婆年紀那麼大，可忍受不了呀！這可該怎麼辦呢？

　　當她瞪著米缸發愁時，聽到屋外兩個過路的人說：「饑荒都鬧了這麼久，太守怎麼到現在才決定發放義倉的穀子給人民救急？」

　　「還不是在老百姓怨聲載道的壓力下，他才勉強答應的。」

「聽說鬧饑荒這些日子，管義倉的官員們三不五時將義倉裡的米糧偷偷拿回家，不知道現在義倉裡剩下的米糧，夠不夠救濟我們這些災民。」

「有這回事？那還不走快點，去晚了米糧要是發完，我們就領不到了。」

聽到這裡，<u>趙五娘</u>趕緊抓過縫滿補丁的米袋，衝出家門，追隨那兩人漸行漸遠的身影跑去。

跑了好長一段路，她已氣喘吁吁，卻失去了那兩人的蹤影，她心急如焚的四處張望找尋，在穿過一片竹林後，終於碰上一條長長的人龍。看到大家人手一個布袋，她知道自己沒有找錯地方，於是趕緊排在隊伍的後面。

人龍一步一步慢慢往前移，看著一個個領完米的人從自己身邊經過，<u>趙五娘</u>總是投以欣羨的目光，並暗自祈求上蒼一定要讓她領到白米，千萬別……

排了大半天，好不容易終於輪到<u>趙五娘</u>了，發糧的雜役卻說：「沒米了！」

<u>趙五娘</u>頓時愣住，眼淚一顆顆

像斷了線的珍珠爭相滑落。唉！往往越怕碰到的事，卻偏偏越容易碰到。她趕緊將淚水抹乾，向發糧的雜役乞求說：「官差大爺，求您行行好，發給我一些米糧，家中八十多歲的公婆就等這些米糧回去解飢救命啊！沒有米，我也沒臉回家了。求求您啊！」

「求我也沒用。穀倉裡沒米，我也沒辦法。」發糧的雜役愛莫能助的說。

滿懷的希望落了空，趙五娘無助的嚎啕哭了起來。

原本在調配人力的雜役總管聽到趙五娘悲切的哭聲，過來問明了原由，便向太守稟報。

太守早已聽聞趙五娘的孝行，見她處境可憐，便要雜役去找負責管理義倉的里正過來，要他找糧給趙五娘。

「穀倉裡沒米，我也沒辦法啊！」里正義正辭嚴的說。

「喔，是嗎？」太守走到里正身邊小聲的說：「別以為我不知道你動了什麼手腳。你如果找不出米糧來給她，我就治你一個偷糧之罪，送你去坐牢。」

里正聽了覺得萬分委屈，因為偷義倉的米的人又不是只有他一個，太守自己偷得更多。如今太守要博得苦民所苦的好名聲，便壓迫官階最低的他想辦法。

琵琶記

萬不得已，他只好悄悄溜回去，把家中的剩米拿出來湊數。

終於領到米的<u>趙五娘</u>，破涕為笑說：「謝謝各位官爺！謝謝各位官爺！」然後歡歡喜喜的把米背回去，一點也沒注意到背後里正瞪著她的憤恨目光。

雖然米袋裡的米不多也不重，面黃肌瘦的<u>趙五娘</u>仍然背得上氣不接下氣，但想到這些米可以熬成好幾頓的稀飯給公婆吃，她就又有力氣往家的方向走去。

經過一片樹林時，有個人影忽然竄出，把<u>趙五娘</u>嚇得跌坐在地。

「把米還給我！」

<u>趙五娘</u>循聲抬頭望去，認出對象是剛剛發給她米的里正，疑惑的問：「你才剛發米給我，為什麼又來搶？」

「我不是搶，我只是來拿回我的米。」

<u>趙五娘</u>緊緊抱著米袋，跪著乞求說：「官爺，求求您，我這可是救命糧啊！長久以來，我公婆只是喝著連飯粒都快瞧不見的稀飯，早就餓得只剩皮包骨了。如今家裡連粒米都沒有，就等我帶著這袋米回去救急。求您看在老人家的分上，讓我把這袋米帶回去吧！」

<u>趙五娘</u>的處境和孝心的確讓里正很感動，但他也有他的苦衷。「我可憐妳公婆沒飯吃，那誰來可憐我妻

兒餓肚子呀？妳還是把米還給我吧！」

一說完，里正就伸手去搶，趙五娘卻死命抓著米袋不肯放。

「官爺，這米我是絕對不能給你。如果你一定要搶，不如我脫了身上的衣服給你拿去賣錢。」

「我要妳那身破衣服做什麼？何況沒有了衣服，妳就要著涼了。」

「我寧願自己著涼，也不願公婆挨餓啊！」

里正看她這麼孝順，不由得起了憐憫之心，邊嘆了口氣說：「罷了！罷了！」邊把手鬆開。

趙五娘感激得邊叩頭邊說：「謝謝官爺！謝謝官爺！」

「妳不要再叩頭了。起來吧！」

趙五娘慢慢站起來的瘦巴巴身影，讓里正想起家裡一樣瘦弱的妻子和兩個嗷嗷待哺的孩子。他心裡一番掙扎，竟趁著趙五娘一個不留意，以迅雷不及掩耳的速度搶了米袋就跑。

錯愕萬分的趙五娘立刻追了上去，但早已筋疲力盡的她，根本就追不上，只能衝著里正的背影大聲呼喊：「官爺，把米還我！把米還我啊！」

不論趙五娘如何聲嘶吶喊，里正依然頭也不回，

全力狂奔。她只能咬著牙，拖著疲憊不堪的雙腳，一步一步掙扎的跟在後面。直到再也看不見里正的身影，趙五娘才頹然跌坐在地，任由淚水和汗水在蠟黃的臉上交錯。

「伯喈，如果你在家，米糧就不會被搶走，公婆也不會餓肚子了……」

想到這兒，她忍不住氣憤的大聲吶喊：「伯喈，三年了，你為什麼還不回來？為什麼啊？」

第十一章　郎君是米妾是糠

　　在張太公的熱心幫助下，蔡家總算度過了差點斷糧的危機。

　　但是趙五娘心裡明白，張太公自己也有一大家子要照料，沒辦法三不五時的借糧給他們，因此，她除了把所有的米糧省下來給公婆食用，自己隨意吃些米糠填填肚子之外，還把粥熬得更稀，只希望能撐得更久。

　　貼心的五娘怕公婆知道她吃米糠的事情會感到難過，便常常藉口廚房還有事要忙，讓公婆在飯廳裡用餐，自己則躲到廚房的角落，將那難以下嚥的米糠和著淚水，硬吞下肚。

　　其實，她心裡也明白，在這個隨時隨地可以餓死人、凍死人的時候，他們能這麼苟延殘喘的過日子，已經算不錯了。

　　這天，趙五娘小心翼翼的端出稀飯，請蔡父、蔡母前來用餐。

飢腸轆轆的蔡母，早已喝粥喝到不耐煩了，看到今天飯桌上又是空蕩蕩的，只擺著一小鍋幾乎看不到米粒的稀飯，便發起脾氣來：「五娘，妳粥煮得這麼稀，連盤下飯的菜都沒有，這叫我怎麼吃呀？妳是存心餓死我這個老太婆是不是？」

趙五娘柔聲辯解說：「娘，我沒有這個意思⋯⋯」

「妳沒這個意思才怪！妳根本就是嫌我們兩個老的礙眼，才故意煮這麼稀的稀飯給我們吃，好把我們給活活餓死！」

「娘，我絕對沒有這個意思。」趙五娘惶恐的說。

看兒媳婦受委屈，蔡父連忙解圍：「老太婆，這年頭沒叫妳啃樹皮，還有稀飯給妳吃就很不錯了，做人要知足，別再挑三揀四為難媳婦了。」

「哼！」蔡母輕哼一聲，還是不肯動筷子。

受到婆婆責備，趙五娘雖然覺得委屈，卻更擔心

婆婆不吃會餓壞了身子。她想了想，像哄小孩一樣的柔聲哄勸婆婆說：「娘，您別生氣，都是我這做媳婦的不好，我會盡快去找些下飯的菜回來。今天能不能請您先將就些呢？」

「老太婆，五娘都這麼說了，妳就別再使性子了，趕快吃吧！」

蔡母這才勉為其難的動起碗筷來。

見婆婆終於肯吃飯了，趙五娘這才放下心來。

「五娘，妳也坐下來喝粥吧！」蔡父招呼媳婦說。

「爹，娘，您們吃就好，我廚房還有事要忙，待會兒再吃。」

「再忙也得先填飽肚子啊！」蔡父說。

「謝謝爹關心。我忙完了就會馬上吃。」

「好吧。那妳先去忙吧！」

看著趙五娘離去的背影，蔡母一臉質疑的說：「老頭子，你有沒有覺得我們媳婦最近怪怪的？」

「沒有啊，她哪裡怪了？」蔡父邊喝著冷熱適中的粥邊說。

「怪的地方可多了。前些日子的粥雖然稀了點，但至少還有盤野菜可以配飯，現在野菜沒有了，粥也稀得連飯粒都快要看不到了。以後啊，搞不好連稀飯

都不給我們喝了。」

「不會啦！五娘很孝順的，老太婆妳別胡思亂想了。」

「還有啊，最近吃飯的時候，她總是避著我們，不肯跟我們一起喝粥——」蔡母想了一想，恍然大悟的說：「喔，我知道了！她一定是弄了些好菜，捨不得給我們吃，才會自己一個人躲到廚房裡偷吃。」

「不會吧！五娘不是這樣的人。」蔡父邊添第二碗粥邊幫媳婦說話。

「知人知面不知心啊！新婚才兩個月，兒子就被你逼去考試，從此沒了消息，家裡的擔子全落在她一個人的身上。你說，她會不會怨你啊？」

「這……」蔡父聽了一震，心裡有些不肯定了。

「別這、那的了。以前兒子在家，家裡又衣食無缺，她當然肯盡心盡力奉養我們，對我們盡孝。如今，兒子不在家，又遇上這種年頭，每個人都自顧不暇了，她會不先照料好自己的肚皮，再來理會我們兩個老的？」

「可是，這些年來，媳婦對我們還是噓寒問暖的，應該……」

「你不信，那我們跟去廚房看看不就知道了。」

「不好吧——」

「走啦！」

拗不過蔡母的要求，蔡父便跟著蔡母往廚房走去。

而一直忙裡忙外的趙五娘，早就餓得肚子咕嚕咕嚕叫。一回到廚房，她就掀起鍋蓋，抓了把蒸軟的米糠往嘴裡塞。可是米糠雖然蒸軟了，還是非常乾澀，難以入喉。五娘嚼了好久，好不容易才勉強吞下去，卻噎在喉頭，差點就呼吸不過來。她趕緊喝口水，大力拍著胸口，才把那口米糠給吞下肚。這麼一折騰，讓她連眼淚都掉了下來。

米糠雖然難吃，但不吃又會餓肚子。五娘於是抹乾眼淚，看著自己手中的米糠，苦笑著說：「米糠啊米糠，你我的命運多相像啊！你是被搗、被磨，而我是受盡千辛萬苦。唉！我這苦命人吃你這苦澀味，兩苦相遇，難怪會這麼難吞下肚啊！」

看著自己手中的米糠，再看米缸裡所剩無幾的米，她不由得感嘆米糠和米本來是相依偎的，一旦被舂杵一搗，就不得不分開，從此不再相見，命運的貴賤也就這樣決定了，就像——自己和伯喈一樣，他像

那白米已經遠得無處可尋，而自己就像這遭人鄙棄的米糠，卑賤得連解人飢餓都做不到啊……

趙五娘越想越心酸，眼淚忍不住奪眶而出。

不過，她並沒有哭得太久，因為她想到剛剛已經答應婆婆要弄出配飯的菜來，得趁著時候還早，趕緊去後山尋找還沒有被別人摘走的野菜。

想到這裡，五娘趕緊擦乾眼淚，準備將第二口米糠塞進嘴裡。忽然間，她瞥見公婆的身影出現在廚房門口，嚇得她立刻把米糠丟進鍋裡，蓋上鍋蓋。

趙五娘的舉動落入蔡母的眼裡，更令蔡母覺得自己的猜測沒錯。她不悅的問：「五娘，妳躲在這裡偷吃什麼？」

「沒有啊……我只是……只是在喝粥而已啊！」

趙五娘口吃連連，加上一臉心虛的樣子，都讓蔡母覺得大有問題。

「喝粥？那怎麼不跟我們一起喝，一個人躲在這裡偷偷摸摸的？讓我看看這鍋子裡到底是什麼東西！」伸手就要去掀開鍋蓋。趙五娘趕緊把鍋蓋壓得死死的，不讓蔡母掀，惹得她更是怒火中燒，大聲質問：「鍋子裡是什麼東西，為什麼不敢給我看？」

「沒有……沒有什麼啊！」

琵琶記

「沒有？沒有才怪！妳一定是怕我發現妳把飯菜藏在鍋子裡，才不敢讓我看吧！」

「娘，不是這樣的……」趙五娘委屈的說，剛擦乾的眼淚又流了下來。

「不是這樣，那妳就把鍋蓋掀開呀！」

看到蔡母發怒，蔡父緩頰說：「老太婆，有話好好跟五娘說，別這麼凶巴巴的。」

「她乖乖把鍋蓋掀開給我們看，我就不會凶巴巴的。」轉頭又命令五娘：「還不快掀！」

萬不得已，趙五娘只好將鍋蓋掀開。蔡母看到鍋裡只有米糠，憤怒的問：「說，妳把飯菜藏在哪裡？」

「我沒有藏飯菜呀！」

「沒有才怪！最近妳都沒有跟我們一起喝粥，一定是妳弄到了飯菜，捨不得給我們吃，才會自己躲到廚房裡偷吃。」

「娘，我絕對沒有做這種事。」

「妳沒有？妳要是沒有，那麼這些日子以來，妳都吃些什麼？」

事到如今，<u>趙五娘</u>只好說出實情。「我……我都是吃米糠。」

<u>蔡</u>母聽了愣了一下，又生氣的說：「米糠都是拿來餵雞餵鴨餵豬的，人哪能吃呀？妳別以為我年紀大了，就那麼好騙！」

「我沒有騙娘。因為現在米糧得來不易，野菜野果也不容易採得，所以我就把米糠拿來吃了。聽說聖賢書上有寫，人吃豬狗吃的東西，比啃草根樹皮還要好呢！娘不信，我現在就吃給娘看。」

<u>趙五娘</u>立刻抓了把米糠塞進嘴裡，嚼了嚼後硬把它吞下肚，面帶笑容的說：「吃起來味道還不錯，還可以填飽肚子呢！」

<u>蔡</u>母看得目瞪口呆，豆大的淚珠從她瞪大的眼眶滾了下來。她知道，粗糙的米糠哪有可能好吃，哪有這麼好入口，而這些日子以來，媳婦竟然為了節省米糧給他們兩老，而自己吃米糠，這……唉！她不是不知道這些年來，饑荒不斷，兒子不在家，<u>五娘</u>要幫他們掙口粥有多麼不容易，但她就是忍不住要跟她使性子、發脾氣，沒想到現在竟然還冤枉她，讓她受了這麼大的委屈……

到現在，<u>蔡</u>母才相信<u>五娘</u>是真心誠意、盡心盡力

在奉養他們兩老。蔡母覺得既羞愧又感動，更心疼五娘，便對她說：「從今以後，有粥喝，我們就一起喝；沒粥喝，我們就一起吃米糠。」

「娘，不行啊！」

「沒有什麼不行的。妳能吃，我就能吃。」

一說完，蔡母就抓了把米糠往嘴裡塞，趙五娘立刻抓住她的手，阻止說：「娘，米糠不好吞嚥，我吃就好，您別吃啊！」

「我也來吃！」

蔡父說完也抓了把米糠往嘴裡塞，趙五娘轉身要攔已經來不及了。

「爹，米糠不好消化，您別吃啊，趕快吐出來。」

蔡母趁五娘轉身的時候，將米糠塞進嘴裡，結果吞嚥不下，噎在喉頭，只能發出一陣陣的乾嘔。

趙五娘連忙拍打蔡母的背：「娘，您趕快將米糠吐出來！趕快吐出來！」

但噎在喉頭的米糠，要吞吞不下，要吐吐不出，年老體衰的蔡母禁不住這樣的折騰，一口氣喘不過來，兩眼一翻，就這麼倒地不起了。

蔡父和趙五娘蹲在蔡母的身旁，搖晃叫喊了好一陣子，蔡母卻都沒有反應。蔡父顫抖的伸手探了探她

的鼻息，發現她已經沒有呼吸了，不禁哽咽的說：「老太婆，妳怎麼就這麼走了？妳醒醒啊！別丟下我啊！」

聽到<u>蔡父</u>的話，<u>趙五娘</u>不可置信的搖了搖頭，她實在沒有辦法接受剛剛還生氣蓬勃的<u>蔡母</u>就這麼走了。但無論多大的搖晃、多少的呼喊，<u>蔡母</u>依然一動也不動，令她不得不面對這個事實。哀慟萬分的她，身體不停的發抖，最後用了全身力氣放聲哭喊：

「娘——」

一第十二章 公病婆亡愁斷腸

「蔡公！蔡婆！你們在家嗎？五娘！……明明大門開著，怎麼都沒人在呢？」

好幾天沒來蔡家的張太公在前廳叫喚了半天，都沒有得到任何回應。他心裡覺得奇怪，於是走進內院，想看看到底發生了什麼事。沒想到一進到內院，就見到趙五娘坐在乾枯的桃樹下望著蒼天發呆，任由漫天飄下的枯葉灑了一身。張太公叫喚了半天，才讓她回過神來。

「五娘，妳的神色怎麼這麼差？家裡究竟出了什麼事？」

「張太公啊……」趙五娘才剛開口就哽咽的說不下去，眼淚撲簌簌的往下掉。

「妳別哭了，有話慢慢說，有什麼天大地大的事，張太公都幫妳想辦法。」

在趙五娘抽抽噎噎的敘述中，張太公勉強將事情的來龍去脈弄明白。他感嘆的說：「唉，才幾天沒過來

探望，就發生了這麼大的變故，真是天有不測風雲，人有旦夕禍福啊！」

「我知道該好好為婆婆治喪，可是連壽衣和棺木我都無處張羅，我……我不知道該怎麼辦……」趙五娘只能猛掉淚。

張太公也覺得心酸，他很想幫忙，卻又想起家人一再提醒他，荒年連連，他們早已自顧不暇，再勒緊褲帶去幫助蔡家，自家也會被拖下水的。但做人怎能不守信用呢？當初他答應蔡伯喈的事，他就是拚了老命也一定要做到。

因此，明知家人會怨他，他還是願意出面，擔下一切：「五娘，妳別愁了，蔡婆的身後事我來料理就好。」

趙五娘一聽，立刻雙膝跪地，感激涕流的叩頭說：「謝謝張太公的救助！謝謝張太公的救助！」

張太公立刻扶她起來：「都是多年老鄰居了，別這麼見外。對了，蔡公呢？」

「公公……公公他受不了婆婆去世的打擊，一病不起，連湯藥都無法下嚥，恐怕……」趙五娘擔憂的說。

「我去看看吧！」

進了房，看到蔡父槁木死灰的樣子，張太公就知

道他來日無多了，心裡不由得感嘆：「真是福無雙至，禍不單行啊！這蔡家可說是屋漏偏逢連夜雨，就算有男人當家都不一定撐得起。唉！真是苦了五娘這個孝順的兒媳婦了。」

睜著渾濁雙眼的蔡父，看見趙五娘端著湯藥進來，嗚嗚咽咽的說：「五娘啊，妳都沒粥喝了，就別再浪費心力為我熬煮湯藥了，反正我也吞不下。就讓我早點走，別再拖累妳了！」

「爹，您一點都沒有拖累我啊！奉養您本來就是媳婦該盡的孝道。」

「妳做的夠多了。其實最該盡孝道的，是我那個不肖子！」說到這兒，蔡父悔不當初的說：「這都怪我。當初我如果沒有逼伯喈進京應考，他就不會到現在都了無音訊，就不會讓妳婆婆死後沒有兒子送終，更害得妳孤苦無依飽受折磨。這都怪我啊！」

「爹，這些事情本來就是難以預料的，您就別再自責了，保重身體要緊啊！」

站在一旁的張太公，也幫著勸導說：「是啊，蔡公，你如果體貼五娘，就該把病養好，別讓她為你憂心。」

「我自己的身體我自己心裡有數，就別再浪費湯藥了。五娘啊，這輩子爹虧欠妳太多了，來生再好好

琵琶記

報答妳……」

「爹……」

「來世太遙遠了，就讓我這輩子受罰吧！就罰我死後曝屍荒野不得安葬，讓世人笑我咎由自取，讓世人笑蔡伯喈不葬親父，是個不肖子啊……」

蔡父說到最後一把鼻涕一把眼淚的，趙五娘和張太公看了更加心酸。

「爹，您別再胡思亂想了，伯喈不在還有媳婦在啊！」

「是啊，蔡公，聽五娘的話，好好休息吧。」張太公勸說。

但對趙五娘這樣孝順的媳婦，蔡父有著滿滿的虧欠，總想在自己所剩不多的日子裡為她做點什麼。「五娘，妳去拿紙筆來，我要立個遺囑，要妳在我死後早早改嫁，不必為我這老頭子守孝。張太公，你今天來得正好，剛好幫我做個見證。」

趙五娘聽了，又是訝異，又是感動。她知道公公對她的愧疚與疼愛，但她也有她自己的堅持。因此，她堅決的說：「爹，自古忠臣不事二君，烈女不嫁二夫，我生是蔡家人，死是蔡家鬼，所以請您不要寫這樣子的遺囑。」

「我就是要寫，妳去取紙筆過來。」

「五娘，妳就順從妳公公的意思吧！」張太公使眼色說。

拗不過蔡父的執著，趙五娘只好去拿紙筆來，反正日後要不要改嫁在她，不需要在現在惹惱老人家。

蔡父在張太公的協助下坐起身來，拿過紙筆再三琢磨，卻又遲遲不知該如何下筆，不由得嘆了口氣：「唉，我該怎麼寫呢？這輕輕的一枝筆，為什麼讓我覺得有千斤重呢？五娘，是我拆散你們夫妻、耽誤了妳，讓妳歷盡千辛萬苦。蔡家有妳這樣的媳婦，真是前世修來的好福氣。但現在時局這麼糟，家裡半點積蓄也沒有，妳不改嫁，往後的日子該怎麼過啊？可是，不讓妳守孝，又怕別人說妳閒話。這……該如何是好啊？」

張太公趁機說：「蔡公，不知如何是好，就先歇著吧！」

「罷了罷了，我這快要死的人，又如何幫妳這活人做主呢？」

趙五娘一聽，淚珠又掉了。

張太公立刻插嘴：「唉呀，以後的事以後再打算，不必急於一時嘛！」

　　要扶蔡父躺下時，蔡父卻抓住張太公的手，將放在床邊的柺杖拿給他，激動的說：「張太公，我來日無多了，這柺杖就請你先幫我收著。以後，我那不孝子如果回來，請你幫我把他給打出去。」

　　張太公本想推辭，看蔡父那麼執拗，只好答應：「好，這柺杖我先幫你收著。等伯喈回來，我一定幫你好好教訓他。」

　　將蔡父安置好，趙五娘送張太公到門口。張太公叮嚀說：「蔡婆的壽衣和棺木就交給我處理，妳不要擔心。」

　　「謝謝……」趙五娘哽咽說。

　　「好好照顧蔡公，老人家有時像小孩子一樣，愛使性子，妳凡事盡量順著他吧！」

　　「我知道……」趙五娘點點頭。

　　看著趙五娘憔悴的模樣，張太公忍不住再囑咐她：「妳也要好好照顧好自己。」

　　「嗯……我會的。」趙五娘依然點頭。

　　張太公知道，趙五娘對他最後一個叮嚀只是口頭上的應承，畢竟在這樣的時局裡，她上有高堂要照顧、

下有一個家要打理，根本沒有時間顧慮到自己。張太公心裡再次為趙五娘感到不捨，但他也已經心有餘而力不足了，只能狠下心來，離開了蔡家。

在趙五娘的眼中，張太公漸漸遠去的背影，彷彿與當初丈夫離開時的背影重疊在一起。她吃力的抬起頭來，淒楚的望向蒼茫茫的天際，隨即無力的閉上眼睛，任鹹澀的淚水流呀流，心裡苦澀的想：

伯喈，你在哪兒呀？

你知不知道，我們都盼著與你早日團圓啊？

公病婆亡我已愁斷腸，你為什麼還不回來……為什麼啊……

第十三章　千里尋夫別家園

　　過了幾天，張太公帶來幾片好不容易才張羅到的薄木板，和趙五娘一起釘成箱子，充當棺木使用，總算把蔡婆給殮了。累了好幾天，疲憊不堪的趙五娘，以為終於可以好好的休息一下，沒想到才睡到半夜卻突然驚醒，原來她竟是餓醒了！她都不記得上次好好吃一頓飯是什麼時候了。

　　躺在床上的趙五娘雖然飢腸轆轆，卻不想再去吞那難以下嚥的米糠。她強迫自己趕快入睡，只是不論她怎麼翻來覆去，就是睡不著。忽然間，她感到一陣莫名的不安——今天晚上怎麼會這麼安靜？

　　她猛然意識到，怎麼沒聽到公公長久以來沉重濃厚的呼吸聲呢？

　　趙五娘感到背脊一陣發涼，嚇得從床上彈起，踩著踉蹌的腳步直往蔡父的房間奔去。房裡一片死寂。她的嘴唇動了動，好不容易從喉嚨擠出聲音來：「爹……」

叫喚了幾聲，床上的人依然沒有任何回應。

趙五娘拖著沉重的步伐，一步一步走近床邊。藉由窗口灑進的明亮月光，看見公公的胸脯不再因呼吸而起伏。「咚」的一聲，她雙膝跪下，看著公公抑鬱的臉，淚水靜靜的從臉上滑下……

不知過了多久，她回過神來，發現天色已經大亮，熾熱的太陽早已從東方升起。但，為什麼她還是覺得好冷，冷得像是置身在寒冰地獄裡呢？

想到從今以後再也沒有公婆相伴，她將了然一身活在這世上，心臟突然揪緊，痛得她幾乎喘不過氣來。在這最絕望無助的時候，她下意識的喊著最想念的名

字：「伯喈、伯喈、伯喈……伯喈呀……你為什麼還不回來……伯喈……」

她不斷的喊，不停的哭，一直喊到聲嘶力竭，哭到筋疲力盡昏死了過去……

當她再次甦醒過來，已是日正當中。看著公公的遺容，她多想就這麼跟公公婆婆一起走，但哪有那麼容易？她還得

先辦好公公婆婆的後事啊！

　　她不好意思再去麻煩張太公，只是如今家徒四壁，當無可當。趙五娘問自己：「該怎麼辦呢？」

　　明知已經山窮水盡了，她仍盼望能峰迴路轉，柳暗花明。可是，任憑她想了想，找呀找，家裡還是沒有半點值錢的東西，而她全身上下大概只有長長的頭髮還值幾文錢——

　　「頭髮？對，就賣髮葬親！」

　　有了主意，她立刻找出剪刀，放下挽成髮髻的長髮，拉到身前。想起蔡伯喈曾誇她的頭髮又黑又亮，襯得她的臉蛋更加白皙柔細，眼淚就不自覺的又滾落下來。趙五娘看著握在手中的那束長髮，閉著眼咬著牙，一刀剪下。

　　她立即擦乾眼淚，接著從破舊的衣服上撕了條布條將剪下的長髮綁好，再隨意找條頭巾包住短髮，便往市集出發。

　　雖然說是市集，但早已不見昔日的熱鬧喧嘩，店鋪沒幾間開張，架上的貨物又少，路上走的也大多是衣衫襤褸的窮人或乞丐，因此，大家雖然同情趙五娘賣髮葬親，卻都愛莫能助。

說來也巧，張太公此時正好路過市集，他遠遠瞥見有人跪在路邊賣髮葬親，不禁對老天爺不善待苦命人而嘆息不已。等到他越走越近，發現那個苦命人竟然是趙五娘，更是感到詫異，連忙上前關心：「五娘，妳這是做什麼？妳要賣髮葬親？難道是……難道蔡公他……」

趙五娘緩緩點了點頭，哽咽的說：「就……就是……今……天早上……」

其實幾天前張太公就看出蔡父來日無多，但當這一刻真的到來，他還是非常難受。

「五娘，發生這麼大的事，妳怎麼沒有來找我商量呢？」

「才剛麻煩您幫忙處理婆婆的後事，公公的後事怎麼好意思再勞煩您傷神呢？」

「妳這樣說就太見外了。快起來吧！妳公公的後事，我們一起想辦法吧！」

「謝謝張太公。」趙五娘一站起來，便將剪下的

那束長髮恭敬奉上。「張太公，這幾年幸虧有您大力幫忙，我們家的日子才得以過下來，您的大恩大德五娘銘記在心，卻無以回報，還望張太公不嫌棄，將這束頭髮收下。」

「這⋯⋯」張太公本想拒絕，後來轉念一想說：「好吧，這頭髮我先收下，拿回去訓勉我那些兒孫、媳婦們，要他們好好學學妳的孝心。」

「張太公，您別笑話五娘了。」

「我絕對不是在笑話妳，妳的確是孝心感人。日後，若伯喈回來了，我還要拿給他看，讓他知道妳賣髮葬親之事，看他慚不慚愧。」

說到蔡伯喈，趙五娘鼻間一酸，本來已經止住的淚水又往下掉了。

張太公看了嘆口氣，說：「唉，我們就不提他了。蔡公的棺木我去準備就好，妳先回去休息吧！看看妳，已累得快不成人形了。」

「謝謝張太公。」趙五娘滿懷感激的說。

在張太公的幫助下，終於找到一個用薄木板釘成的棺木，把蔡父給殮了，但不管張太公再如何竭盡心力，仍然籌不到

琵琶記

錢請人幫蔡父、蔡母造墳。

「張太公，您能幫我籌到我公婆的棺木，五娘已經萬分感激了，造墳的事我自己來就好。」

「造墳的工作那麼粗重艱苦，妳一個女人家哪做得來？」

「做不來也得做啊！」

張太公想了想，可也真的想不出其他法子來。

「這樣好了，明天我一起來幫忙造墳，雖然我年紀大、體力不佳，但多個人就多份力量，也算我對蔡公、蔡婆盡點心力。」

「這……那就先謝謝張太公了。」

趙五娘話是這樣說，但她怎麼好意思讓張太公做粗活？更何況這幾年艱難的歲月，又全是仗著張太公的幫助才勉強度過。於是，第二天天都還沒亮，她就自己一個人扛著鋤頭、帶著畚箕、推著棺木，到山上去幫公婆造墳了。

怎知，趙五娘才掘沒幾次土，生鏽的鋤頭就斷裂成四五塊，裝土的畚箕也破爛得不堪使用，讓她不知接下來該如何是好。

「沒了鋤頭畚箕怎麼辦？總不能空手造墳吧……空手？」

趙五娘咬了咬牙，就彎下腰用雙手挖土，用身上的羅裙來裝土，繼續造墳。

　　挖啊挖的，直挖到全身汗水淋漓，十指疼痛難耐，趙五娘才停了下來，癱坐在樹下。

　　她將十指收攏到眼前，用嘴巴吹了吹，想藉此減輕疼痛，卻見兩手傷痕累累，血水和汗水滲得泥土黏在手上。她盡量輕輕的將手上的泥土一塊塊剝下，仍撕扯到血跡斑斑的傷口，但傷口再怎麼痛，也比不上公婆等不到蔡伯喈送終來得令她痛徹心扉。為此，她雖然覺得無比心酸，卻也不再流淚，因為淚水早已流乾，此刻，最重要的是要將公婆的墳墓造好。筋疲力盡的趙五娘，累到人都恍神，眼睛一閉上就睜不開了。她的神智一再提醒她：還不能休息，還要繼續造墳……

　　恍惚間，她看到一位白髮老人從林間深處走出來，站在公婆的墓穴邊說：「我是這座山的土地公，今奉玉帝旨意，來幫趙五娘行孝，築造墳墓。我還是叫南山的白猿使者和北嶽的黑虎將軍前來幫忙吧。猿虎二將何在？疾速前來！」

　　他手杖一揮，立刻各有一隻猿猴、老虎站在他面前。

　　「奉玉帝旨意，幫趙五娘築墳行孝，特命令你們

琵琶記

率領陰間的士兵，一起協助。你們可以變作人形，一起搬運土石，務必要盡快完成。」

「領法旨！」猿虎二將立刻變作人形，率領陰兵築造墳墓。

沒多久，趙五娘公婆的墳墓便築好了。

「稟告大聖，墳墓已經完成了。」猿虎二將覆命說。

「好，你們可以回去了。」他手杖一揮，猿虎二將和陰兵立刻消失無蹤。

土地公走到趙五娘面前說：「趙五娘，妳抬起頭來，聽我叮囑。我奉玉帝諭旨，特地來幫妳築墳，安葬妳的公婆。現在，我任務完成了，妳在這兒也別無牽掛，可以整裝上京城找尋妳的

夫婿。」

「上京城找尋我的夫婿……伯喈在京城？伯喈在京城的哪個地方？」

趙五娘急著想問清楚，怎知一抬頭卻不見土地公身影，她急得

要起身找尋，誰知竟然跌了一跤，也因而把她給跌醒了。

她睜開眼睛，發現自己跌坐的位置，正是剛剛夢裡歇息的地方。

「唉，原來只是一場夢！如果……剛剛的一切是真的，那該有多好啊！」

趙五娘拖著疲累的身子，準備繼續造墳。

誰知走了兩三步，卻看到有座剛完成的新墳，令她感到莫名其妙：「誰家的墳墓，怎麼建造在我公婆的墓地上？」

她上前探個究竟，竟然看到墓碑上寫著公婆的名字，整個人愣住了。

「噫？我什麼時候把公婆的墳造好了？難道——我剛剛夢的夢不是夢，是真的？還是我並未清醒，這時還在夢中？」

「啊？五娘，妳這麼快就把妳公婆的墳造好了？」

趙五娘循聲望去，看到張太公，愣愣的問：「張太公，您也進來我夢中了嗎？」

張太公放下手中的鋤頭畚箕，伸手探了探趙五娘的額頭，說：「現在是大白天的，還做什麼夢？妳是累病了，還是累糊塗了？」

「不是做夢，那我公婆的墳真的造好了？」

「事實不就擺在眼前嗎？」張太公疑惑的問：「難道這墳不是妳造的？」

趙五娘向張太公敘述了夢中的情景。張太公也感到不可思議：「舉頭三尺有神明啊！五娘，妳孝心感動天，難怪玉帝要派土地公和猿虎二將來幫妳造墳。不過，妳真的要聽從土地公的指示，上京城去找尋伯喈嗎？」

趙五娘有些猶豫，畢竟自己從未離開過家鄉，但想了想後，她還是點頭。

張太公擔憂的說：「世道不好，妳一個女子獨自前往，路途又那麼遙遠，可說是困難重重。妳要想清楚啊！」

「張太公，您說的我都想過。但我等伯喈回來已經等了四年多，早已受夠了。現在，我要主動去京城找他。」

「唉！」想到蔡伯喈一去四年，音訊全無，張太公也只能搖頭嘆息。

他知道要五娘一味苦等也不是辦法，更何況她在這兒已經沒有親人了，赴京尋夫或許不失為一個好法子，因此他便不再勸她了。

得到張太公默許的趙五娘，望著遙遠的天邊，心裡堅定的想著：

　　伯喈，四年了，你不回來找我，就換我去找你吧！

　　我要看看，京城裡有什麼天大地大的事，絆住了你歸鄉的腳步……

　　我要看看，京城裡有什麼絕色佳人，讓你忘卻了在家鄉的公婆和我……

　　我一定一定一定要找到你！

　　生，我要見人；死，我也要見屍……

第十四章　萬金家書託錯人

這幾年，京城裡最令人稱羨嫉妒的人，非蔡伯喈莫屬。

中狀元，得美眷；攀權貴，居高位。這些人們求神拜佛，求了一生都未必能得到的美事，竟然讓他這窮酸書生輕而易舉就得到了，怎麼不令人又羨又妒、恨不得自己就是蔡伯喈呢？

而入贅牛府的蔡伯喈，當然知道他這些年來的際遇令人羨慕到眼紅，但是又有誰知道，這些人們又羨又妒的際遇卻不是自己所想要的。

他是被父親逼迫，才來京城應考中狀元的；他是被皇上強留，才在朝廷任職當官的；他是被牛太師逼婚，才入贅牛府當乘龍快婿的。沒有人知道，更不會有人相信，在他光鮮亮麗的外表下，有著說不出的苦呀！

而他心中最苦的，是與家人斷了音訊。剛到京城時，因為全心準備科考，無暇寫信報平安；金榜題名

時，猶豫著辭官歸鄉或接家人來京城相聚，而未能成書；到了在朝為官、入贅牛府後，初時對爹娘和<u>五娘</u>的愧疚，讓他遲遲不知該如何下筆；後來是擔憂牛太師對爹娘和<u>五娘</u>不利，不敢貿然和家人取得聯繫。就這樣一年拖過一年，只留下滿滿的愧疚和掛念，在心裡悶燒著……

兩年前，在朝議政時，得知<u>陳留郡</u>鬧饑荒，驚得他渾身打顫，急得想立刻辭官奔回故鄉，但<u>牛</u>太師嚴屬警告的眼神盯得他不敢貿然行動。下朝時，他不顧一切要跟牛太師表明自己決定辭官歸鄉時，<u>牛</u>太師卻先開口說：「我已經請皇上下旨要太守開倉救災，你家人不會有事了，你就給我乖乖在京城裡待著吧！」

「<u>陳留郡</u>的饑荒必是鬧了許久，鬧到地方官無法處理，才會奏請朝廷協助救災。我的家裡只有高齡的爹娘和嬌弱的妻子，沒有一個大男人支撐著，他們如何度過饑荒？」<u>蔡伯喈</u>跪下哀求說：「岳父大人，我求您允許我辭官回鄉照顧家人。」

「你既然叫我岳父，應該還記得我的女兒是你現在的妻子吧！當初，皇上下旨賜婚，我沒有要你寫休書，就將女兒許配給你，條件之一就是要你留在京城為官，且不可讓我女兒知道你已有妻室。如今，你若

執意要辭官回鄉，是不是該先寫封休書給你家鄉的元配？」

「什麼？」蔡伯喈連忙搖頭，就算不論夫妻情分，五娘為他打理家務，事親至孝，他怎能無情無義休了她？

「難不成——你要我堂堂一國丞相的女兒為妾？」

「啊？」

「還是，你想休了我女兒？」牛太師的眼神和語氣越來越嚴峻。

蔡伯喈嚇了一大跳，連忙搖頭說：「小婿不敢。」

「那就好。」牛太師話鋒一轉，問：「你覺得是你辭官回鄉照顧家人重要，還是以國事為重，請皇上下旨要太守開義倉放糧，解救更多災民重要？」

「什麼？」

「你在朝為官，當以朝廷社稷為重，豈能因私情而將國家大事拋置不管？如果我們的封疆大吏都像你這樣，時時眷念著家人安危，又如何遠赴邊疆，擔負起保家衛國的重責大任呢？事親是小孝，事君是大孝，當忠孝不能兩全時，大丈夫應該為國而忘家的。相信這個道理，你爹應該教過你吧！」

蔡伯喈愣愣的點頭，因為當初爹逼他上京應試時，

琵琶記

的確有提過這些道理。

「因此，你應該以朝廷社稷為重，辭官歸鄉的事，就不要再提了。」

一說完，牛太師便大步離去，留下心急如焚卻又不知該如何是好的蔡伯喈。

日有所思，夜有所夢。剛入贅牛府時，他常夢到回故鄉和家人團聚，和五娘再度舉杯祝爹娘身體康泰、壽與天齊……夢醒時分，發現他仍身在牛府，總令他無限心酸和惆悵。在得知陳留郡鬧饑荒後，他總是夢見五娘憔悴不堪，孤苦無依，眼神無比哀怨的望著他；後來還夢見爹娘乾瘦得不成人形，最後餓死在溝渠中，死不瞑目的瞪視著他……當他從夢中驚醒、全身冷汗直流時，耳畔還圍繞著他們一聲聲淒厲的呼喊：「兒啊，你為什麼還不回來……兒啊，你為什麼還不回來……」

他多怕夢境成真，急得想瞞著岳父、妻子和家裡取得聯繫，卻又怕岳父知道了對雙親和五娘不利。當他心急如焚時，遇到了一個帶著陳留郡口音的人，他大喜過望，立刻暗地請他回鄉時順便幫他攜帶家書和一些銀兩給家人。那人不

但一口答應，更不負所託，半年過後為他帶回一封家書。他雙手顫抖的將書信打開，淚眼朦朧的看著信中寫著：「雖然遇上饑荒，但兒子啊，幸好有你捎回的這些銀兩，問題都已經解決了，你不用擔心……」看到這兒他鬆了口氣，也才發現自己早已淚流滿面。

他萬分感激那位同鄉人，除了偷偷在客棧設宴酬謝他外，並請他再次幫忙帶家書和銀兩給家人。

自從收到家書後，蔡伯喈較能安下心來，不再整天惶惶不安。只是每逢佳節倍思親，尤其今天正是中秋節，他更是盼望月圓人團圓。然而迫於情勢，他也只能徒嘆：「但願人長久，千里共嬋娟。」

晚飯後他漫步走到內院蓮花池中的涼亭，舉頭望著天上那輪皎潔的明月，不禁又想著在遠方的家人，不知他們是否一切安好……

「相公！」

身後突然傳來牛小姐的叫喚聲，令蔡伯喈渾身一顫，回過神來的他硬將嘴角往上揚，才轉身微笑問：「夫人，有什麼事嗎？」

雖然覺得蔡伯喈的笑容有點僵，但牛小姐寧願是自己多心。她面帶微笑的說：「我早聽說相公你琴藝卓越，可惜

成婚多年卻一直未曾親耳聽過，今逢中秋佳節，能否請相公為我彈奏一曲？」

「這——」正為遠方家人擔憂的蔡伯喈，實在無心彈琴，才想找藉口拒絕時，卻瞥見牛太師的身影正從蓮花池的對岸經過，他立刻僵硬的點著頭說：「好——啊！」

牛小姐露出欣喜的笑容，她身後的惜春立刻將琴擺放在亭中的石桌上。

「夫人要聽什麼曲子？」蔡伯喈邊無奈的在石椅上坐了下來，邊開口問：「雉朝飛如何？」

牛小姐立刻搖頭。「這是首無妻的曲子，不好。」

蔡伯喈也覺得不好，因為他不是「無妻」，而是「多了個妻」。他略加思索，問：「孤鸞寡鵠如何？」

「我們夫妻倆正團圓呢，說什麼孤寡！」牛小姐嬌嗔的說。

夫妻倆正團圓——這話令蔡伯喈的心一陣刺痛，想著他和五娘夫妻倆何時才可團圓，再度琴瑟和鳴呢？

忽然間，他發覺有個地方不對勁，卻又一時想不出是什麼……

牛小姐見蔡伯喈想曲子想到有些恍

神，便提議問：「相公，彈曲風入松好嗎？」

「……好。」蔡伯喈隨口應答，便開始彈奏。

「相公，你彈錯了，這首是別鶴怨，不是風入松。」

「喔？彈錯了？我馬上改。」蔡伯喈嘴上雖然這麼說，卻仍在思索究竟哪兒不對勁。

「相公，你又彈錯了，你怎麼彈出個思歸引來？你該不是在考我懂不懂音律吧？還是，你連一曲也不願為我彈奏？」

看到一向溫柔嫻靜的牛小姐面露不悅的神色，蔡伯喈覺得心中有愧，趕緊收斂飄忽的心神，說：「夫人，妳琴藝高超，我怎麼可能考妳呢？妳是我的娘子，我怎麼可能不願為妳彈奏呢？只是……只是……喔，只是這弦彈來不順手。」

「琴是你的，這弦你怎麼可能不順手？」牛小姐疑惑的問。

「我彈舊弦彈習慣了，這是新弦，我還彈不慣。」

「是嗎？那你的舊弦放在哪兒，我讓惜春立刻去取來。」

蔡伯喈想著五娘，脫口而出：「舊弦撇在故鄉，路途遙遠難相聚啊！」

「既然你戀著舊弦，為何還要撇了它？」

蔡伯喈意有所指的望著牛小姐，說：「只為有了這新弦，便撇了那舊弦。」

蔡伯喈渾身直打顫，他終於弄明白哪兒不對勁——那封家書！

牛小姐被蔡伯喈臉上慌亂的神情給嚇了一大跳。「相公，你到底怎麼了？」

「……沒沒沒什麼……我我我……我只是想到一件重要的政事忘了辦……」

「那你為什麼流淚？」

「啊？我流淚？」蔡伯喈雙手無意識的摸著臉頰，果然溼漉漉的。

「相公，你別慌！無論多大的事，我爹一定有辦法解決。我馬上去找他！」

「不要！」蔡伯喈急忙一把拉住她。

「為什麼不要？你是他的女婿，等於是他半個兒子，我爹一定會幫你的……」

「我說不要就是不要，妳聽到了沒有？」

牛小姐被蔡伯喈的疾言厲色給嚇呆了，因為成婚四年多以來，他從不曾以這樣的態度跟她說過話。

「姑爺，你放手、你放手啦！你把小姐的手抓傷了啦！」惜春立刻出面護主。

琵琶記

惜春的叫喚，讓蔡伯喈恢復了理智，他僵硬的鬆開緊抓著牛小姐的手，百般無奈的祈求說：「妳千萬別去找妳爹，別去跟妳爹說任何事……算我求妳了……」

他向她拜了拜，然後踩著跟蹌的腳步往書房奔去。

惜春連忙檢視牛小姐的手臂。「小姐，妳還好吧？唉呀，都瘀青了！我們趕緊去跟老爺說，說姑爺欺負妳，要老爺幫妳做主……」

「不許去！」牛小姐一把拉住惜春。

「為什麼？小姐，妳不用怕姑爺，老爺會……」

「我說不許去就是不許去！連剛剛的事也不許讓我爹知道。」

「啊？」怎麼小姐說話的語氣跟姑爺一模一樣？

牛小姐沒再對惜春多加解釋，望著蔡伯喈跟蹌而去的背影，心中暗下決定：「我一定要把這事查清楚。」

奔進書房的蔡伯喈，立刻將油燈點亮，然後從書櫃和牆壁的夾縫中掏出那封抵萬金的家書，急急打開來看：雖然遇上饑荒，但兒子啊，幸好有你捎回的這些銀兩，問題都已經解決了，你不用擔心……

他再三端詳，越看越心驚，越看身子抖得越厲害、眼淚掉得越凶。他開始責備自己……

為何當初沒有發現八十多歲的雙親不可能寫信？

為何當初沒有發現信裡都沒有提到<u>五娘</u>？

為何當初沒有發現這信的筆跡那麼陌生？

為何當初沒有發現自己被騙了？

為何當初沒有發現……

他猛然想到，<u>陳留郡</u>正鬧著饑荒；他猛然想到，他曾夢見憔悴不堪的<u>五娘</u>，那望著他哀怨無比的眼神；他猛然想到，他曾夢見已成了溝渠中餓死鬼的爹娘，那一聲聲淒厲的呼喊……

萬一……萬一這些不只是夢境，而是真的——

想到這兒，他心頭一絞，淚水再度奪眶而出，雙膝跪了下來，嘶聲哭喊：「爹！娘！孩兒不孝啊……」

一幕幕夢境壓得他胸口奇痛，繼而喉口發甜，哇的一聲，噴出一大口鮮血……

第十五章

真相大白盼團聚

得知蔡伯喈在書房吐血昏倒，牛小姐急了，連忙讓人請大夫過來診治。

大夫診視完蔡伯喈後說：「蔡大人是多年抑鬱成疾，才會口吐鮮血，只要放寬心，多加休息，再加以藥物調理，身子便無礙了。」

大夫開完藥方告辭後，牛小姐立刻派惜春去抓藥。

「小姐，抓藥這種小事叫僕人去辦就好。您從昨夜忙到現在一定累壞了，先去歇息吧，姑爺就由我來照顧。」

「不用了，我還不累。」牛小姐細細叮嚀囑咐：「何況，抓藥絕不是小事，妳給我小心辦好，別讓藥鋪配錯藥了。藥抓回來後，盯著廚房煎藥時，火候、水分要時時注意，可別把藥給煎壞了。」

「是，惜春遵命。可是……小姐，惜春有一事想不通。」

「什麼事？」牛小姐邊接過惜春遞過來的毛巾幫

蔡伯喈擦臉，邊隨意問。

「姑爺這幾年不但高中狀元，還娶了您這樣的如花美眷，又有位高權重的老岳父當他的靠山，保他官運亨通，可說是好運連連，美事一件接著一件，他有什麼好不知足的，竟然會『多年抑鬱成疾』？該不會是他人在福中不知福吧！」

牛小姐聽了愣了一下，連忙掩飾說：「別在那兒多嘴了，還不趕快去抓藥！」

「是。」惜春雖然不情不願，但仍然遵照吩咐去辦事。

其實，惜春的話刺得牛小姐心裡隱隱作痛，因為她也不明白，究竟是什麼事，讓蔡伯喈寧願藏在心頭，抑鬱成疾，也不肯對她這親密的枕邊人說。

回想四年多來的婚姻生活，他一直待她彬彬有禮，但她敏感的感覺到，他並未敞開心胸接納她。因為，雖說洞房花燭和金榜題名一樣是人生三大樂事之一，但四年多以來，她從不曾看他開懷笑過。他還是像往常一樣溫文俊雅，但像那日他赴瓊林宴途中，那副顧盼自若、飛揚的神采，卻早已不復見

了。

「難道他真的不知足？還是他不願入贅牛府？或者，他只是不願娶我——」

可能嗎？她自認，憑她的容貌、才學、家世，與他婚配，絕不辱沒了他，更何況成婚以來，她怕他覺得入贅委屈，更是克服嬌羞，頻頻主動示好，處處為他著想，從不曾對他擺過大小姐的架子，她的種種作為連惜春都看不過去。

「為何他感受不到我的用心，還不能將我放在心上呢？除非——他心裡早已有人，容不下我了……」

想到這兒，她再也坐不住，從病床前的圓凳上跳了起來，在房裡邊踱步邊想著……

她忽然想到，昨晚要他為她彈琴時，他頻頻彈錯，最後還說是「手撫新弦憶舊弦」。

「難道——他是意有所指？」這想法驚得她渾身發抖……

這個時候，她聽到蔡伯喈的聲音，趕緊坐回床緣。「相公，你醒了……」

蔡伯喈的囈語打斷了她的問話，她趕緊靜下來仔細聆聽，看他有何需求。

「爹……娘……五娘……對不起對不起……對不

起……嗚嗚嗚……爹……娘……五娘……對不起……」他斷斷續續的囈語就只重複這些話。

原來他是掛念留在家鄉的爹娘和親人啊！這個發現讓牛小姐鬆了口氣，她多怕聽到從他嘴裡喊著別的女人的名字。

但，她繼而疑惑的想著：「他留在家鄉的爹娘和親人不是一切安好嗎？為何他還抓著報平安的家書抑鬱吐血呢？難道是我看錯了？」

她趕緊從梳妝檯拿起那封家書，反覆再看，雖然整封信皺巴巴的，但信裡的字還不至於模糊難辨。她確認自己並沒有看錯，對蔡伯喈的行為就更加難以理解。

她想起成婚前，曾向爹打聽蔡伯喈的家庭狀況，爹說他家裡人口簡單，只有八十多歲的爹娘，因怕老人家禁不住長途舟車勞頓，所以才將他們留在陳留郡的老家，請人妥善照料著……

「噫？為何這些年來，他都沒提過要帶我回鄉拜見高堂呢？尤其是陳留郡鬧饑荒，他應該會擔憂老人家過得如何，為何只捎銀兩回去，卻未曾提過要回家探望，或接他們來京城團聚呢？難道──這裡面有什麼內情嗎？」

她左思右想，卻百思不得其解啊！

就這樣想著想著，累極了的她，不知不覺的跌入夢鄉……

「小姐，您醒一醒！小姐，您醒一醒……」惜春再三叫喚，終於喚醒沉睡的牛小姐。

「小姐，您累了怎不到床上躺著睡，在桌上趴著多不舒服。」

「惜春，姑爺的藥煎好了嗎？」清醒後的牛小姐，立刻關心問。

「早煎好了，還給姑爺喝下了。」

「喝下了……噫？他醒了？」

牛小姐轉頭望去，看到蔡伯喈已經睜開眼、坐臥在床，她立刻坐到床緣，邊伸手探了探他的額頭，邊焦急的問：「相公，你還好吧？還有哪兒不舒服？」

「我很好，沒有哪兒不舒服。夫人，讓妳受驚了，真對不起。」

他生疏有禮的應對令

牛小姐愣住了，她難過的問：「你我夫妻多年，需要像陌生人這麼客套嗎？」

「呃⋯⋯」蔡伯喈愣了一下，有些理屈的辯解說：「夫妻本該相敬如賓的。」

「是嗎？這樣是『相敬如賓』嗎？為何我覺得你是把我當外人呢？」

「我沒有把妳當外人⋯⋯」

「沒有嗎？那為什麼你寧願把心事藏著，抑鬱到吐血昏倒，也不肯對我這枕邊人說呢？」

「我⋯⋯」

牛小姐一不作二不休，乾脆將心裡所有的委屈和疑問，一次問個明白。

「為什麼這些年來，你都沒提過要帶我回鄉拜見公婆呢？為什麼陳留郡鬧了饑荒，你也只偷偷捎銀兩回去，卻不曾提過要回家探望爹娘，或接他們來京城團聚呢？你這不是把我當外人是什麼？」

牛小姐待蔡伯喈一向溫柔體貼、善解人意，從不曾大聲跟他說過話，這還是第一次這麼咄咄逼人，令他一時之間不知該如何應對，只能喃喃否認說：「事情不是妳想的那樣⋯⋯」

「事情不是我想的這樣，那是哪樣？難不成有什

麼不可讓我知道的內情？」看到他滿懷愧疚的眼神，一個念頭閃入她腦海，令她心中一涼。牛小姐顫抖的問：「在你老家裡除了爹娘外，還有誰？」

眼見事情已經無法隱瞞了，蔡伯喈只好吐實：「還有……我的妻子……」

「什麼？」牛小姐驚訝得站了起來，眼淚奪眶而出，半晌說不出話來。

惜春氣憤的說：「姑爺，你太過分了！明明已經有了妻室，竟然還敢來欺騙我們家小姐，你真是罪大惡極！這事如果被我們家老爺知道了，絕對會把你五馬分屍，誅你九族，把你……」

「這事岳父早就知道了。」蔡伯喈輕聲說。

這話讓牛小姐和惜春聽了都瞠目結舌。牛小姐不可置信的問：「你是說，我爹知道你已有妻室，還要你和我成親？這怎麼可能？」

「事情的確是如此。」蔡伯喈細說原由：「牛太師派媒婆來說親時，我以家鄉早有妻室婉拒了，並準備第二天上朝以家中有高堂待奉養為由辭官回鄉。沒想到第二天一上朝，皇上便下旨賜婚，我想抗旨拒婚，又怕皇上一怒累及我家人，只好答應。但我真的無法狠心休妻再娶……正當我不知該如何是好時，牛太師

說只要我留在京城，並瞞著妳我早有妻室之事，他就不會逼我休了<u>五娘</u>。別無其他良策的我，只好聽從他的話了……」

<u>牛</u>小姐聽了他的說明整個人都傻住了，喃喃自語的說：「原來你病榻中頻頻呼喚的『五娘』是你的妻子，不是你的長輩？……爹那麼疼我，我想要什麼他都順著我，什麼都要給我最好的，怎麼可能明知你已有妻室，還要我委屈……」

她忽然想起，當初爹詢問她這椿親事時她的答覆，聰慧的她立刻明白是怎麼一回事——爹的確疼她，疼到就算她喜歡的人已經有了妻室，都會想方設法，幫她把那人留在她身邊，完成她的想望。他寧願委屈他人，就是不讓他寶貝女兒受委屈。可是……

「爹呀，您這樣疼愛我，卻也害了我啊……」<u>牛</u>小姐流瀉不止的連串淚珠，紛紛滾落衣袍間。她終於明白這些年來<u>蔡伯喈</u>抑鬱寡歡，甚至積鬱成疾的原因了。

<u>惜春</u>見了立刻勸慰說：「小姐，您先別難過。這些都只是姑爺的一面之詞，誰知道他是不是在為自己的薄情推託。我們還是去找老爺問個明白……」

「你們千萬不可去找岳父！」<u>蔡伯喈</u>連忙攔阻說。

「為什麼？難道你怕你的謊言被我們戳破？」惜春質問說。

「我不是怕你們戳破什麼謊言，因為我說的句句是實話。我不讓你們去找岳父，是因為岳父說過，此事若讓夫人知道，他就要我休了五娘……」

惜春一聽，為自家小姐打抱不平說：「姑爺呀，事到如今，你不肯休了元配，難道要我們家小姐做妾？還是，你想休的是我們家小姐？」

「不不不，我怎敢……」

「姑爺，原來你是害怕我們家老爺的威嚴和權勢，才不敢休了我們家小姐，要不然……」

「我不是這個意思……咳咳咳……咳咳咳……」被惜春的話嚇出一身冷汗的蔡伯喈急著想解釋，卻讓一口氣給嗆住而咳個不停。

牛小姐本來不想理會，最後還是捨不得見他咳得難受，連忙上前邊幫他拍背順氣邊說道：「你別急，有話慢慢說。」

順過氣的蔡伯喈，緊緊抓著牛小姐的手說：「夫人，無論對五娘、對妳，我都有深深的愧疚和滿滿的歉意，你們誰我都放不開，畢竟一夜夫妻百

日恩啊！」

他的話讓寒透心的牛小姐終於有些回暖，心想原來他不是只戀著元配……

「小姐呀，您別看姑爺病了就捨不得，更別因他的幾句甜言蜜語就心軟。說穿了，他不過想享齊人之福罷了，您千萬別再讓他給騙了。」

惜春早就因蔡伯喈婚後對牛小姐冷漠而心生不滿，如今對他重婚的種種理由更是深感不屑，覺得他膽小懦弱，不像個男人。她擔心小姐狠不下心，更怕小姐為愛委屈自己。

蔡伯喈急忙解釋說：「夫人，我不是想享齊人之福，而是……都怪我無能，遇事不夠有擔當，才會讓事情演變到這般不可收拾的地步。千錯萬錯都是我的錯，要怪就怪我，要罰就罰我，五娘沒有錯，不該讓她遭到被休的下場呀……」

惜春的話牛小姐不是沒想過，對事情演變到這般地步心裡也不是沒有怨氣。尤其蔡伯喈老是護著元配，更讓她有著深深的醋意。「你的元配比我好嗎？竟然過了這麼多年，還能讓你這麼眷戀，時時將她擱在心上，怕委屈了她？」

蔡伯喈搖著頭，眼眶含淚說：「我會眷戀五娘，時

時將她擱在心上，是因為在我倆新婚才六十天，我就進京趕考，從此再也沒有回去。這些年來，都是她代我奉養父母的。陳留郡鬧饑荒，我捎回去的家書和銀子又託錯人，被人給騙走了。家裡沒有銀子，如何度過這難關啊？我一想到我將家裡的重擔丟給五娘一個人承受，我就萬分愧疚，怎可為了妳就無情無義休了她呢？我怕委屈了她，是因為我已經讓她受了莫大的委屈啊！」

看到蔡伯喈為五娘流下男兒淚，牛小姐既嫉妒又不捨。但，想到五娘的悽慘遭遇，自己也難卸其責，何況她雖然對蔡伯喈心有怨氣，但他畢竟是自己的夫婿，既然無法對他放手，也捨不得讓他左右為難，加重病情，她只好幫他了……

因為她心裡明白，事已至此，若自己不出面，這個「結」將是「死結」啊！

「我會幫你跟爹求情，讓你可以早日和家人團聚，你就放寬心靜養吧！」

第十六章　迎接親人好團圓

「爹……」

牛小姐一進書房，看到牛太師，只喊聲爹，眼淚就撲簌簌往下掉。

牛太師看到寶貝女兒一進來就淚流滿面，嚇了一跳，立刻將政事擱下，起身關心：「怎麼了？怎麼哭得這麼傷心？有什麼事跟爹說，爹為妳做主。」

「爹……我都知道了……」

「知道什麼？」牛太師摸不著頭緒的問。

「我知道──相公他家鄉早有妻室了……」

牛太師愣了一下，沉下臉。「我只知道他這裡只有妳這個妻子。女兒，別難過，爹立刻叫伯嚭休了他的元配，妳不用擔心……」

「爹，女兒知道您是疼我，才促成這樁親事。但，哪有鳩佔鵲巢，新婦趕人家元配的道理？」

「女兒，妳不叫他休妻，難道妳要當妾嗎？」

「爹，反正我已視相公為我一生的丈夫，是他的

妻或妾都不重要了。」

「那麼妳又為何哭著來找爹？」

「女兒本來沒想要哭的，只是見到爹就忍不住了……」

「妳——怎麼那麼傻？」牛太師為女兒的善良氣憤不已。

「其實，女兒的確有一事想求爹答應，就是相公想辭官回鄉，我想……」

「他想帶妳回鄉，免談！」沒聽女兒說完，牛丞相便知道她是來幫女婿求情的，立刻回絕。

「爹……」

「女兒啊，陳留郡路途遙遠而且正在鬧饑荒，就算沒鬧饑荒，也是個窮鄉僻壤的小地方。妳是爹以鮮花珠玉嬌養著的玉人兒，如何受得了長途跋涉？如何過得慣貧困的生活？」

「既然女兒已經嫁給相公，受不了也得受，過不慣也得過。」

「妳——」

「爹，『嫁雞隨雞，嫁狗隨狗』，相公要辭官回鄉，女兒自然跟隨。」

「女兒啊，爹不會准伯喈辭官回鄉的。在這兒爹

可以幫著妳、護著妳，沒人敢欺負妳，若妳跟他回鄉，兩女共事一夫……妳會受委曲的。」

　　牛小姐的心刺痛了一下，但還是鎮定的回答：「爹，因為我，相公滯留京城遲遲未歸，已成為一個不孝又薄情的人了。為此他抑鬱成疾，甚至吐血病倒，女兒怎麼捨得讓他再這樣下去呢？」

　　「妳捨不得他抑鬱成疾，他就不會捨不得妳跟他回鄉吃苦？再說，妳金枝玉葉的，去那兒做什麼？」

　　「女兒是他的妻子，自然也該盡做妻子的本分，侍奉公婆飲食，早晚問安……」

　　「這些事情他家鄉那個老婆做就好，妳不做也無妨。」

　　「爹，沒聽說過有媳婦可以不侍奉公婆的，也沒聽說過有做人家兒子的可以不照顧爹娘的。女兒知道爹疼我，但爹身居相位，職掌朝廷制度及紀律，怎麼可以斷人父子之情，絕人夫婦之義呢？爹，就算您是為了我，行事還是需要三思啊，千萬不要因此而遭人非議。」

　　「妳既然知道做人家兒子的不可以不照顧爹娘，那做人家女兒的呢？爹就只有妳這個寶貝女兒，若妳跟伯喈回陳留郡，那誰來照顧妳這個老父親啊？」

這問題可問住<u>牛</u>小姐了，一邊是夫婿，一邊是父親，令她左右為難啊！

「這……要不然，爹讓相公先辭官回鄉，我留在京城照顧爹……」

「傻女兒啊，所謂『丈夫』，一丈之內才為夫啊！今天妳好意放他回鄉去，他遲早會因為妳沒有跟在身邊而視妳為外人。要不然，爹幹嘛幫妳硬把他留在京城？」

<u>牛</u>小姐幽然一嘆說：「留人難留心，又有什麼用？」

「總比好心放人，最後人、心盡失好吧！」

「爹，我平常陪伴在您身邊，您仍時時掛念著我，處處為我設想，相公離開家鄉那麼久了，相公的爹娘必定更加掛念。相公的爹娘年齡那麼大了，又遇到饑荒，萬一他們有個什麼不測，到時子欲養而親不待，女兒的罪過就大了……」<u>牛</u>小姐哽咽的說。

<u>牛</u>太師看女兒那雙亮晶晶的眼眸，飽含著擔憂的淚水，卻又拚命眨眼，努力不讓淚水流下來，讓他瞧著好心疼、好捨不得，不由得心軟妥協說：

「妳別想太多。這事交給爹，爹必幫妳想個妥善的法子來。」

牛小姐聽了露出燦爛的笑容，說：「謝謝爹，您對女兒真好。」

「妳知道就好。」這樣的讓步，牛太師是有些氣悶的。

「女兒一直都知道，這世上對我最好的人，非爹莫屬……」

牛太師本來對女兒偏袒女婿有些吃味，聽女兒這麼一說，心裡舒坦多了，略加思量後說：「妳千金之軀，受不了舟車勞頓；伯喈病了，也不適合長途跋涉；陳留郡饑荒連年，更不適宜居住。既然如此，不如派人去陳留郡，將伯喈的爹娘和元配都接來同住。妳覺得這主意如何？」

「的確是好法子，只是不知相公他同不同意……」看牛太師沉下臉，她立刻改口說：「不然就照爹的方法去做吧！」

捨不得讓女兒為難，牛太師只好再度讓步，長長的嘆口氣，說：「妳去

琵琶記

問一下伯喈的意見吧。」

「謝謝爹，女兒先回房了。」

「去吧！」望著女兒欣喜離去的背影，牛太師不得不再搖頭嘆息。

牛太師心想：女兒的心已偏向她夫婿那兒，當爹的不讓步行嗎？不過，我一定會盡量想辦法，不讓善良的女兒受委屈。

一聽到牛小姐轉述牛太師的想法，蔡伯喈立刻同意，他萬分感激的說：「夫人，謝謝妳！」他知道要說服牛太師讓步，是件多麼不容易的事。

「相公別這麼說，大家都是一家人，何必跟我說謝謝呢？」

「就是一家人，才更應該道謝。」蔡伯喈激動的說。

「相公，與其道謝，還不如放寬心好好靜養，早日痊癒，免得公婆來看到你病了，會擔心的。」

「夫人說的有理，我得趕快好起來，免得讓爹娘操心。對了，夫人，還有一事要勞煩妳？」

「什麼事？」

「我爹娘年歲已高，希望馬車裡能有舒適的軟墊，減輕他們的舟車勞頓。」

「我會安排的。」

「夫人，謝謝妳！」蔡伯喈由衷的說。

「不用客氣。」

一想到不久便可和家人團圓，蔡伯喈開心的笑了。

看著蔡伯喈笑逐顏開的躺下閉目休息，牛小姐忍著滿腹心酸和矛盾，幫他將被子蓋好。因為那笑是他倆成婚以來，他笑得最開懷的一次，但，不是因為她……

第二天，捨不得女兒再為此事煩憂的牛太師，立刻派遣李旺率領幾個家丁一起前往陳留郡，接蔡伯喈的家人到京城。

第十七章　憔容遇夫不敢認

決定到京城尋夫的趙五娘，打包好簡單的行李後，看到擱在櫥櫃角落的琵琶，立刻將它取出，想起新婚時和伯喈琴瑟和鳴的甜蜜時光，如今卻早已人事全非……

發現自己又要落淚了，她立刻甩了甩頭，決定將逝去的過去和自己的懦弱一起甩開。但當她要將琵琶放回原處時，卻又捨不得放手。她細細思量後決定：「就讓琵琶陪伴我到京城吧！一路上可以沿街彈些勸世行孝的曲子，說不定還可以換點粗食填飽肚子。」拿定主意後，她立刻將滿布灰塵而且有些破舊的琵琶擦拭乾淨。

打理好一切後，她總覺得還欠缺什麼，環顧四周，看看是否漏了東西，但家中早已家徒四壁，實在沒有什麼可帶的。當她看到抽屜的紙筆時，順手拿了出來，憑著腦海裡的記憶，默默畫出公婆的肖像來……

望著已完成的畫像，她喃喃自語道：「爹，娘，伯

啥不回來找我們，我們就去找他吧！看看究竟是什麼原因，讓他丟下我們不管。」

收了紙筆，她小心翼翼的將已乾的畫像捲了起來，收到行囊裡。背起行囊，拿起琵琶，再三留連這住了四年多的家，然後毅然決然的打開大門，正要跨步離去時，卻看到張太公站在門外。

「妳要走了？」

「嗯，正要去向您辭行呢！」

「這裡有些碎銀，妳拿著當旅費。」

「張太公，我……」趙五娘明白，錢雖不多，但時局不好，張太公要籌到這些碎銀並不容易，他這麼鼎力相助，讓原本已經決定不再哭泣的她，感動得掉下淚來。

「拿著，別跟我客氣。」

趙五娘立刻跪下叩謝：「張太公，您的大恩大德五娘沒齒難忘，願您長命百歲，讓五娘有回報您的機會。」

「好說好說，起來吧！」張太公扶著趙五娘起來。「這段時間老夫會幫妳看著門戶、顧著妳公婆的墳，妳放心的去吧，一路上自己要多加小心。」

「謝謝張太公的囑咐，五娘會注意的。」

告別張太公後，趙五娘便踏上千里尋夫之路。

儘管一路上縮衣節食、餐風露宿，旅費還是在到達京城之前用光了。但是趙五娘並不驚慌，彈著琵琶唱些勸世行孝的曲子沿街乞食。就這樣，她一步又一步的走著，有一頓沒一頓的過著。

彈著唱著，她忍不住將自己的遭遇也唱進歌裡：

「亂荒荒不豐稔的年歲啊，遠迢迢不回來的夫婿！急切切不耐煩的二親啊，軟怯怯不濟事的身體！滴溜溜難窮盡的珠淚啊，亂紛紛難寬解的愁緒！瘦巴巴難扶持的病身啊，戰兢兢難捱過的時和歲……」

哀怨的歌聲，悽慘的遭遇，常令路人淚流滿面，掏出銅板或乾糧資助趙五娘到京城尋找丈夫。

幾個月後，趙五娘終於抵達京城。

京城的熱鬧繁華，讓面黃肌瘦、衣衫襤褸的趙五娘瞠目結舌，久久才回過神，喃喃自語：「要在這茫茫人海中找尋伯喈，豈不像大海撈針？」

但她並沒有沮喪太久，立即握緊雙拳，為自己打氣說：「我都能跋山涉水，

克服種種險阻的走到京城了，一定也可以在京城裡找到伯喈。」

振奮精神後的趙五娘，首先面臨的是謀生問題。她稍微打理了下自己，便在市集附近彈唱起曲子來：「亂荒荒不豐稔的年歲啊，遠迢迢不回來的夫婿……」

路人聽了趙五娘令人鼻酸的遭遇後，紛紛慷慨解囊，因此，她得以在市郊一家小客棧住下。

一進房，她立刻把公婆的畫像放在桌上，默默禱念：「爹，娘，雖然歷經千辛萬苦，但我們終於到達京城了。請您們放心，我一定會找到伯喈，我一定會找到他！」

這時，門外傳來說話聲，趙五娘仔細一聽，才知道附近的彌陀寺最近正在舉行法會超度亡魂。她心想：「公婆雖然已經過世好幾個月了，卻尚未為他們好好誦經超度，現在手頭稍微寬鬆些，不如明天去寺裡為他們焚香誦經吧！」

用餐時，趙五娘問清楚彌陀寺所在的位置。第二天一大早，她就來到莊嚴壯麗的彌陀寺。打聽後，她才知道參與法會需花一筆銀子，而她身上並沒有那麼多錢，寺裡的小和尚見她衣衫襤褸，知她手頭並不寬裕，問明原由後，感其孝心，便酌收些香油錢，讓她

在廊下焚香燒紙。

她在廊下剛把公婆的畫像擺好，還來不及焚香燒紙，就聽到前方有人大喊：「蔡大人來了，快快迴避！」

只要有官員來禮佛，寺裡的小和尚都會請閒雜人等迴避，好方便官員通行。就這樣，趙五娘還來不及收好公婆的畫像，就被人群給擠到廊外去了。

而這位小和尚口中的蔡大人不是別人，正是蔡伯喈。

身體剛康復的蔡伯喈，特地來寺裡焚香祝願，祈求爹娘康健，五娘無恙，全家一路平安來到京城。祝禱完畢時，住持特別來獻茶，他賞銀十兩當香油錢，住持再三道謝後，又陪著他到寺內各處走走。走到廊下時，趙五娘帶來的那兩幅畫像吸引了他，令他駐足仔細端詳，他在心裡暗嘆：「這畫像眉宇間的神韻跟我的雙親好像啊！只不過他們面帶愁容，形貌也消瘦一些……」

蔡伯喈看了看，忍不住開口問：「這畫像是哪來的？」

住持不清楚，立刻叫來小和尚詢問，小和尚回答：「有個外地來的孝婦，想幫她過世的公婆誦經超

度，才將他們的畫像擺放在這兒。」

住持覺得這樣醜陋的畫像擺在廊下有礙觀瞻，更有損彌陀寺的莊嚴肅穆，便說：「趕快叫那婦人將畫像拿走。」

「是。」小和尚領命，立刻四周叫喚找尋，卻沒找到人，苦惱的覆命說：「師父，那婦人可能已經走了。」

住持不悅的說：「你先幫她把畫像收起來吧！等她來要再還她。」

「喔。」

小和尚才剛伸出手，蔡伯喈立刻抓住他的手說：「我來吧！」

「蔡大人？」住持和小和尚萬分詫異的看著他。

怕畫像被撕壞的蔡伯喈，邊小心的把畫收起來邊笑著說：「這畫像先放我那兒，那位婦人來尋，就請她到牛府來找我要吧！」

「喔？是。」住持雖然覺得蔡伯喈舉止怪異，卻也不好說什麼。

蔡伯喈離去前，住持用嚴厲的眼神警告小和尚別再讓同樣的情況發生後，隨即恭恭敬敬的陪著蔡伯喈到寺內的其他地方走走。

其實趙五娘並沒有離開，只是被擠到廊外的一個

小角落。當她透過擁擠的人群，瞥見那位高官竟然是蔡伯喈時，嚇得將背脊貼住牆面，頭垂得好低好低，深怕被他看見。雖然她日也盼、夜也盼、朝朝暮暮思念著蔡伯喈，但乍然見到他，她卻只想先躲了再說。因為穿著官服的他，像天上的太陽那麼明亮，而衣衫襤褸、形容憔悴的她，卻像是地上一坨被踩爛的泥巴，兩人差得天高地遠，她哪敢與他相認啊！

小和尚回過頭看見趙五娘，吃驚說：「女施主，妳還沒走啊？糟了！妳公婆的畫像被蔡大人給拿走了……」

「你知道蔡大人住在哪兒嗎？」趙五娘急切的問，雖然一時不敢和他相認，她再也不想失去他的訊息。

小和尚還沒開口，一旁的香客已搶著回答：「知道，全京城的人都知道。」

「為什麼？」趙五娘萬分詫異，望著一旁的香客愣愣的問。

一旁的香客立刻七嘴八舌的說：「蔡大人入贅牛府，當上牛太師的東床快婿，當然就住在牛府。」

趙五娘聞言心跳彷彿頓時停住，繼而焦急的再次確認：「牛太師的女婿？你是說，剛剛那位蔡大人是牛太師的女婿？」

琵琶記

「沒錯啊！妳果然是外地來的，才會不知道。蔡大人的名字是蔡伯喈，四年多前金榜題名高中狀元，深獲當朝權貴牛太師賞識，召他入贅牛府為婿，從此官運亨通。」

另一位香客接著說：「這樁婚事還是由皇上下旨賜婚的喔！當時婚宴無比盛大和熱鬧，不但冠蓋雲集，連皇上都親自蒞臨祝賀，多風光啊！蔡大人的際遇，真令天下所有的男人羨慕不已啊！」

趙五娘心臟緊絞，淚水奪眶而出——原來這就是他遲遲不歸的原因！

四年多等待的日子裡，她雖然曾經預想過無數次這種狀況，卻一直不願相信會真的發生。每次聽到街坊鄰居談論著：「男人一旦發達了，就會變薄情了，對元配怎麼看怎麼不順眼，恨不得立刻休了，好去娶個如花美眷回來，整天看著心情也快活啊……」她總是勸慰自己，伯喈重情重義，絕不是這樣的人——

沒想到他……

「噫，妳怎麼哭了？」

「難道妳是蔡大人的

……老婆？」

「你看她的長相和穿著，怎麼可能是蔡大人的老婆，真是愛開玩笑……」

旁人問話的聲音縹緲遙遠，渾渾噩噩的她聽得不真切，只是踏著沉重的腳步，轉身離去。

第十八章　我呀我是趙五娘

失魂落魄的<u>趙五娘</u>，在客棧裡發呆了一整晚，最終還是壓抑不住想見<u>蔡伯喈</u>的強烈欲望，天還沒亮便來到<u>牛府</u>對街的樹下守候。她凝望著<u>牛府</u>朱紅大門，想像著住在高聳圍牆裡的他，視線不知不覺中矇矓了起來⋯⋯

天色漸漸亮了。當<u>牛府</u>大門打開時，<u>趙五娘</u>才回過神，立刻藏身在樹幹後面探頭張望。看到出來的人不是他，<u>趙五娘</u>整顆心像是被千斤大石壓住那樣的沉重。

不知過了多久，一個熟悉的身影終於從朱紅大門裡走了出來，緊緊抓住她的視線。看著比往昔更加溫文爾雅的他上了轎，看著他華麗的轎子由清晰變成模糊，逐漸消失在眼前⋯⋯<u>趙五娘</u>猛然意識到，自己好像從來都在目送著他離去。

昨天在<u>彌陀寺</u>匆匆一瞥，過於震驚的她未能將他看清楚；今天仔細一看，她發現身著一襲嶄新合身衣

袍的他，竟變得如此俊逸非凡、玉樹臨風，整個人像是脫了胎、換了骨般，有如京城裡的貴公子，讓她可望而不可即。

「更何況，他已經入贅牛府，和牛小姐成了一對人人稱羨的神仙眷侶，那麼我在這裡痴痴的凝望著他、等候著他，又能挽回什麼呢？」趙五娘自問。

說來諷刺，她和他成親在先，卻只和他做了兩個月的夫妻；牛小姐和他成親在後，卻和他做了四年多的夫妻……

「說不定，伯喈現在連我的相貌都記不得了，甚至忘了我這個妻子的存在，要不然，也不會讓我在家鄉等候他四年多。現在還要繼續在這兒等下去嗎？等下去又有什麼意義？罷了，我已不想再去為他等候了！」

她的心早已傷透，卻仍忍不住留戀的望著他轎子遠去的街頭……

慨然一嘆，她毅然轉身離去，不再回頭。

走了一段路後，她卻被迎面而來的一個婦人給叫住了。

「小嫂子，請留步！」

趙五娘詫異的望著那名陌生婦人問：「大嬸，有什麼事嗎？」

「小嫂子，妳是不是前些天曾在市集附近彈琵琶唱曲子？」

見趙五娘點頭，那婦人接著說：「我就知道王嬤我不會認錯人。那天我聽了妳的曲子，為妳的悽慘遭遇掉了好多眼淚啊！可惜我只是個廚婦，只有少許銅板可以幫妳……」

「王嬤，您那些銅板已經是我的救命錢了，您的善心我永遠銘記在心。」

王嬤安撫的拍拍趙五娘的背說：「唉！妳一個女人家自己來京城，又沒有親人可以投靠，靠彈琵琶唱曲子謀生也不是長久之計，不如來我們牛府幫傭吧？」

「牛府？」趙五娘渾身一震。

「就是牛太師的府邸啊！我們牛府雖然雇用下人的條件嚴苛，不但要忠誠護主守規矩、長相端正嘴巴牢，還要手腳乾淨又俐落，更要身家清白，不過因給下人的工錢高，所以是份人人搶著要的好差事喔！所以啊，負責仲介工作的人一得知牛府最近要添人手，急著上門來推薦一堆合適的人選，都快要把我們牛府的門檻給踩平了。」

王嬤忽然在她耳邊壓低聲音說：「我跟小姐的貼身丫鬟惜春交情不錯，如果妳想來牛府幫傭，我可以請

惜春幫妳介紹給小姐，不用通過劉總管嚴格的考核，還可以幫妳省下給幫你找工作的人的仲介費喔！」

「牛小姐？」

說到自家小姐，王嬤可得意了：「我們家小姐，不但溫柔賢淑、知書達禮、才華洋溢，還美若天仙，和我們家姑爺可說是郎才女貌，天造地設的一對喔！」

郎才女貌！當初新婚時，張太公就這麼稱讚她和蔡伯喈，如今，卻聽到王嬤用來稱讚蔡伯喈和另一個女人，令趙五娘無比心酸、感嘆和無奈……

「唉呀，妳別再東想西想了，機會錯過了可不會再來。走吧！」

王嬤拉著趙五娘穿過彎彎曲曲的巷道，來到牛府後門。跟門房打過招呼後，兩人便由後門走進高牆聳立的牛府。

走了一小段路，王嬤就喚住前方經過的俏麗身影：「惜春！惜春！」

惜春一停下腳步，王嬤立刻上前，邊指著趙五娘邊在惜春耳邊遊說。

打量著趙五娘，惜春一開始是嫌惡的搖頭，後來才無奈的點頭。

「王嬤，這個忙我可是衝著我倆的交情才幫的喔！」

「好好好，王嬤我欠妳一份情，任妳隨時來討。」

「這可是妳說的。」惜春俏皮的看了王嬤一眼，才對趙五娘說：「妳跟我來。」

王嬤見趙五娘卻步不前，以為她被牛府高聳的屋宇和壯觀的氣勢給嚇到了，立刻幫她打氣說：「別怕，惜春會幫妳！」

趙五娘感激的說：「王嬤，謝謝您！」

「別謝了，快去吧！」

趙五娘跟著惜春穿過重重迴廊，經過一處處小橋、流水、奇石、假山構成的美麗造景，來到一座精巧的亭子前。

「妳在這兒等著，我先幫妳去跟小姐說情。」

「麻煩妳了。」

惜春走進亭子，對亭子內正在彈琴的麗人一陣耳語，然後招手要她入內。

趙五娘頓時猶豫不前，對牛小姐這個占了她丈夫的女人，她想見卻又不敢見；對她，她心裡有氣、有怨、有恨、有好奇、有……更多說不出的感覺。

「妳進來呀！」惜春見趙五娘還愣在亭子外，一把去把她拉了進來。「妳呀，如果想在牛府工作，這種畏畏縮縮的習性可得改一改。」

「惜春，沒想到一向毛毛躁躁的妳也能訓人啊！」牛小姐頭也不回的說。

「那是小姐過於溫柔嫻靜，才會覺得惜春毛毛躁躁的。」

「妳呀，就會耍嘴皮子。」牛小姐邊彈琴邊轉過頭來笑著說。

牛小姐的美麗讓趙五娘看呆了眼，她終於領會到什麼叫做「回眸一笑百媚生」。看著那無比美麗的容顏，再想到她的尊貴身分，趙五娘不由得自慚形穢，黯然神傷……

趙五娘的窘迫牛小姐看在眼裡十分憐憫，忍不住放柔聲音說：「妳的事惜春約略跟我說了。雖然我們人手已找足了，但牛府這麼大，再多個人也無妨。不過，妳得說說妳有什麼本事，我才能請劉總管幫妳安插個適當的職位。」

看著悠然彈琴的牛小姐，趙五娘心想自己容貌、出身比不過她，本事可不能再輸，便一改以往謙遜的本性說：「不是我自誇，無論琴棋書畫、縫紉刺繡，或是烹煮佳餚，我都略懂一二。」

惜春聽得嗆了好大一口氣，等順過氣後趕緊說：「喂，妳別為了想在牛府工作，就把牛皮吹過了頭。」

琵琶記

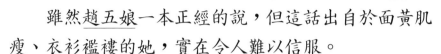

「我從不說謊，更沒吹牛。」

雖然趙五娘一本正經的說，但這話出自於面黃肌瘦、衣衫襤褸的她，實在令人難以信服。

「妳——」惜春快要被她給氣暈了。

「喔？」牛小姐嘴角忍著笑瞥了惜春一眼，再一臉興味的瞄了下眼前這個衣服破爛的婦人。

「聽妳的口音，不像是這裡的人？」

「……嗯，我是陳留郡人。」趙五娘愣了一下才回答。

「對了，聊了這麼久，還不知妳的名字呢。」

「我叫趙五娘……」

琴音戛然而止，牛小姐猛然回過頭來，瞪視著趙五娘。

「唉呀，小姐妳的手指流血了！這琴弦好好的，怎麼忽然斷了呢？」

惜春拿著手絹上前要幫牛小姐包紮，牛小姐卻揮開惜春，起身逼近趙五娘，美麗的黑瞳中閃著複雜難解的情緒。

「妳說妳叫趙——五——娘？」

「……嗯。」趙五娘愣愣的點頭。

「陳留郡人？」

「……嗯。」趙五娘再次愣愣的點頭。

「妳的夫婿叫什麼名字？」

「啊？」趙五娘本來不知道溫柔美麗的牛小姐，為何忽然瞪視著她，直到此時她心裡隱約有些明白……但，有可能是她心裡想的那樣嗎？牛小姐怎麼可能知道她的存在？

「妳的夫婿叫什麼名字？」牛小姐再問一次，雖然心裡已有答案，她還是想從趙五娘的口中確認。

「我的夫婿叫──」

牛小姐頓時繃緊神經，仔細聆聽。

話已經到了嘴邊，趙五娘卻說不出口，為是否該說真話而猶豫。如果隱瞞不說，她心裡憋得委屈又難過；如果直言不諱，她又擔心會被逼收下休書，或是打入天牢以避人耳目。但她不知，她的眼神已經告訴牛小姐一切。

牛小姐猛然想到剛剛惜春告訴她，這個可憐婦人的悲慘遭遇：丈夫離家參加科考多年無音訊，家鄉饑荒連年以致高齡公婆體弱病死，孤苦無依的她才千里迢迢來京城尋夫──公婆病死？

想到這兒，牛小姐渾身發抖，淚如雨

琵琶記

下：「一切都遲了！一切都遲了！」

　　惜春被牛小姐的舉動嚇壞了，不知究竟發生了什麼事，立刻驚慌的問：「小姐，您怎麼了？怎麼忽然哭得這麼傷心？」

　　悲慟不已的牛小姐一直掉淚，根本沒辦法回答。不過，惜春本來就聰慧伶俐，又自小便在牛小姐身邊服侍，她的目光在牛小姐和那趙五娘的身上轉呀轉，回想他們剛剛的對話，再想想小姐最近最掛心的是何事……

　　忽然，她茅塞頓開，指著趙五娘失聲大叫：「呀！難道妳是姑爺的……的……」

　　「對，我是趙五娘，是你們家姑爺蔡伯喈的元配。」趙五娘不顧一切說。

第十九章　書房相認五味陳

在牛小姐和惜春的解釋下，趙五娘才明瞭蔡伯喈滯留京城的原因。

「原來伯喈並不是薄情寡義的人。」趙五娘稍稍釋懷。

沒想到惜春竟然接著說:「但也不是多光明磊落的人。」

「惜春，別亂說話！」牛小姐語帶責備。

「我說的都是真的嘛！如果他當初跟小姐說清楚，事情也不會演變這樣啊！這些事明明不是小姐的錯，卻都是您在收拾。幫姑爺說服老爺不要休了他的元配，幫姑爺說服老爺接他的爹娘和元配來京城，幫姑爺……」

「惜春，別再說了。」

「我不服氣啊！想當年上門跟小姐提親的人多如牛毛，條件比姑爺好的更是不計其數，偏偏小姐只看上姑爺一個。但若是小姐知道姑爺家鄉已有老婆，您

才不會蹚這渾水，與他成親啊！」

「惜春，妳再不住口，我要生氣了。」

雖然知道惜春是在為自己抱不平，牛小姐心想：事已至此，說這些又有何用？只不過更加添亂罷了。還不如就事論事，及早思考事情的解決方法，免得——又遲了。

她上前向趙五娘屈身行禮，說：「姐姐……」

「姐姐？」趙五娘愣了一下，想到這因一個男人而勉強牽扯在一起的關係，一時難以接受的說：「我不敢當。」

「喂，我們家小姐已經夠委屈了，妳可別得了便宜還賣乖！」

「惜春，不得無禮！」牛小姐斥責說。

惜春氣得嘟著嘴，卻也不敢再說什麼。

牛小姐深吸口氣說：「姐姐，我知道妳對所有的事非常不滿，更不願意有我這樣的妹妹，就像我也不願與人共事一夫。誰知命運捉弄，弄成今天這個樣子……唉，千錯萬錯都算是我一個人的錯吧！妳要怪就怪我！可是，事情已經發展成這個樣子，為了相公著想，為了蔡家著想，為了所有的人著想，我們也只能和平相處了，妳說是不是？」

牛小姐誠摯的話語溶化了趙五娘怨懟的心。從惜春所說的話中，她知道在這件事中，牛小姐也是既無辜又無奈。

　　「面對命運的捉弄，身為官家千金的她都能委屈求全，不與我計較名分，只求此事能妥善處理，而我只是個市井鄙婦，為什麼不能認了呢？只要能守著伯喈，和他一起平平安安過日子，就算得——與人共夫，也就認了吧⋯⋯」趙五娘心裡想著。

　　「叫妳『妹妹』，委屈妳了。」對這個「妹妹」，趙五娘叫得不是很順口。

　　牛小姐搖搖頭說：「現在當務之急，是如何讓姐姐和相公相認。」

　　趙五娘愣了一下，意識到牛小姐顧慮的是哪一件事情，艱難的開口：「難道因為我現在面容憔悴、鬢生白髮，已不是以前嬌麗的模樣⋯⋯伯喈就羞於和我相認嗎？」

　　「妳有自知之明就好⋯⋯」惜春忍不住酸趙五娘說。

　　「惜春，妳再不閉嘴，就下去吧！真的是來添亂的。」

　　「小姐，我⋯⋯」看到小姐不悅的神情，惜春只

琵琶記

好嘟著嘴說：「知道了啦！」

　　就算心裡有那樣的顧慮，牛小姐也不好明說，她想了一下，委婉的說：「不是姐姐想的那樣。其實是前陣子相公得知委託錯人，以致妳和公婆沒有收到他寄回的家書和銀兩，急得吐血病倒，直到最近才剛痊癒。我怕——相公突然見到妳，又得知公婆已經病亡的消息，剛病癒的身子會受不住這樣的打擊。」

　　如果不是情深意濃，牛小姐不會如此為蔡伯喈設想。對此，趙五娘心中有說不出的滋味。

　　「那麼妹妹覺得這件事該怎麼辦才好呢？」

　　「不如——妳到書房寫些暗示的話語，讓相公對此事先有心理準備，才不會突然聽到消息受到太大的打擊。」

　　趙五娘覺得牛小姐的話很有道理，便決定照做，因為她也不願蔡伯喈再病倒。

　　晚餐過後，蔡伯喈像往常一樣進書房休息，他本想看看書、練練字，無奈近日來他牽掛著快要來到京城的爹娘和五娘，總是靜不下心來。

他突然想起昨日從彌陀寺帶回的那兩張畫像，正要將它們打開仔細察看時，剛走進書房的牛小姐開口問：「相公，你在看什麼？」

「昨日從彌陀寺帶回的畫像。妳看看這畫像，如果我的爹娘沒有賢慧的五娘來侍奉，一定也像畫像中這兩位老人家一樣面帶愁容、形貌消瘦。」

一想到家鄉的慘況，他忍不住擔憂說：「只是，陳留郡饑荒連年，就算有五娘這樣的媳婦在，也不敢保證爹娘不會像畫像中這兩位老人家一樣……」

蔡伯喈誇讚五娘，讓牛小姐有些難堪，尤其畫像中面帶愁容、形貌消瘦的二老似乎是在瞪視著她，責備她沒有盡到孝道，更令她不自在。她立刻轉移話題說：「噫？這畫像背後有寫字耶。」

「有嗎？」蔡伯喈翻到背面，詫異說：「奇怪，我記得昨天收起來的時候，背面沒寫字啊，現在背面怎麼會有字？」

「相公，不如先看看那上面究竟寫些什麼？」

蔡伯喈本來想繼續追究是誰破壞這兩張畫像，可是牛小姐的神色，似乎希望他先看字的內容，而他一向不曾拒絕過她的要求。

「好吧，我看看。它上面寫著：『崑山有良璧，鬱

鬱璠璵姿。嗟彼一點瑕，掩此連城瑜。人生非孔顏，名節鮮不虧。拙哉西河守，胡不如皋魚？宋弘既以義，黃允何其愚！風木有餘恨，連理無旁枝。寄與青雲客，慎勿乖天彝。』噫，這字跡有些眼熟，像是……」話未說完的蔡伯喈心裡暗想著：「這好像是五娘的字！怎麼可能？李旺才出發沒幾天，五娘怎麼可能這麼快就來京城？」

「這些話好深奧喔！相公，你可不可以解釋給我聽？」牛小姐故意裝作不知道的樣子。

蔡伯喈覺得奇怪，因為以牛小姐的學識程度不可能看不懂。不過他仍順著她的意，一句一句解釋：

『崑山有良璧，鬱鬱璠璵姿。嗟彼一點瑕，掩此連城瑜。』是說崑山產的好玉，價值連城，但若有一點瑕疵，便不貴重了。『人生非孔顏，名節鮮不虧。』這兩句提到孔子、顏子是大聖大賢，德行圓融完整。但凡人不是聖賢，能忠便不能孝，能孝便不能忠，所以德行多有欠缺。

『拙哉西河守，胡不如皋魚？』吳起是戰國時代的人，魏文侯任命他為西河守，母親過世了他卻沒有回去奔喪；皋魚是春秋時代的人，因周遊列國而離開家鄉，回來後發現父母死了來不及盡孝，便自殺而死。

所以這兩句是在說吳起孝行不如皋魚。『宋弘既以義，黃允何其愚！』是說光武皇帝想把姐姐湖陽公主嫁給宋弘，宋弘不願意，還說貧賤時交的朋友不可以忘記，曾經與自己共患難的妻子不可以遺棄；黃允是桓帝時候的人，司徒袁隗要把姪女嫁他，他就休了妻子，娶了袁氏。因此，這兩句是在讚揚宋弘有義，黃允痴愚。

『風木有餘恨，連理無旁枝。』是說當孔子聽到皋魚哭啼，問他為什麼哭，皋魚說：『樹欲靜而風不止，子欲養而親不待。』所以風木才有餘恨；西晉時東宮門有槐樹一株，連理而生，四旁皆無小枝，比喻夫妻相守專一。『寄與青雲客，慎勿乖天彝。』是勸告一些做官的人，不要違了天倫。」

解說完後，蔡伯喈覺得這段話似乎在諷刺他入贅牛府，滯留京城，是對父母不孝，對五娘無義。但，誰會這麼做？誰知道他的狀況呢？

「喔，受教了，相公真是好才學。」

蔡伯喈覺得牛小姐今天的言行有些怪異，加上這字的筆跡像趙五

娘寫的，這畫像裡的神韻像他的爹娘，難道──

他心中一驚，卻不願自己的猜測成真。

「相公，早上這畫像的主人來要畫了，這字正是她題的。」牛小姐提示說。

蔡伯喈覺得奇怪：「畫像的主人既然來要畫，為什麼不把畫像帶走，還故意題字給我看，她的目的是什麼──噫？畫像的主人？」

蔡伯喈立刻想起昨天彌陀寺那小和尚說的話：「有個外地來的孝婦，想幫她過世的公婆誦經超度，才將他們的畫像擺放在這兒。」

外地來的孝婦？幫她過世的公婆誦經超度？蔡伯喈猛然瞪大眼看著牛小姐。畢竟已經當了四年多的夫妻，看著他驚疑的眼神，牛小姐便知道他想問的是什麼，於是輕輕的點點頭。

「畫像的主人是──五娘？」蔡伯喈怕彼此會錯意，出口詢問。

牛小姐再次點點頭說：「沒錯，正是趙五娘。此刻──她正站在你的身後。」

蔡伯喈渾身一顫，呆愣了一下，才慢慢的轉過身去，但他迷濛的視線看不清這個人的模樣。他眨了眨眼，再眨了眨眼，將眼中多餘的水氣眨掉，終於如願

看清楚了——但，眼前的這個人卻和他記憶中的人兒不太一樣。

「妳是——五娘？」蔡伯喈聲音顫抖的問。

他語氣中的不確定傷了趙五娘的心，因此，她語帶怨氣的回答：

「沒錯，我是趙五娘，是和你成婚兩個月就被你丟在家不管的妻子。」

他專注的比對著眼前的婦人和他記憶中的妻子，越找，就看出越多相似之處。終於，他認出來了！雖然她面容憔悴，鬢生白髮，還一身襤褸，早已不是昔日嬌麗的模樣，但，他還是認出來了。

「沒錯，妳是五娘！」

他高興的上前緊緊握住趙五娘的手，仔細的看著她。才四年多，她卻蒼老這麼多，可見這幾年她歷經多少苦難折磨。

「對不起，讓妳受苦了！」

趙五娘垂著淚笑了，覺得有他這句話就夠了。她好久、好久沒這麼近看著他了，他的眉，還是那麼黑；他的臉，還是那麼

好看……

　　看著那張又哭、又笑的臉蛋，<u>蔡伯喈</u>既心疼又憐惜，伸手輕撫那滿是淚水的臉頰，以指腹輕輕拭去她的淚珠……忽然，有件事閃入他的心中。

　　「爹，娘，真的……過世了？」<u>蔡伯喈</u>感覺自己的心好像被揪住了一樣。

　　見到<u>趙五娘</u>點頭，<u>蔡伯喈</u>的雙腳一軟，立刻跪倒在那兩張畫像前，搥胸哀痛的哭喊：「爹！娘！孩兒不孝、孩兒不孝啊！……」

　　他的淚水狂奔不止，心也痛得快要爆裂了。

　　聽到<u>蔡伯喈</u>悲慟的哭聲，<u>趙五娘</u>的心也被撐得好痛、好痛，她正想上前抱住他、安慰他時，<u>牛小姐</u>已早她一步抱住<u>蔡伯喈</u>，哭著勸慰他：「相公，人死不能復生，你別太過悲傷，保重身子要緊啊！」

　　眼前的情景，讓<u>趙五娘</u>搖頭苦笑，一股酸澀的淚水直往眼裡衝去，心裡五味雜陳，已經無法用言語形容……

第二十章　皇上嘉獎空餘恨

聽到趙五娘訴說他離家後家裡的種種，蔡伯喈和牛小姐更覺得難過和愧疚。

蔡伯喈立刻下跪向趙五娘叩頭：「五娘，謝謝妳這些年來為我辛苦持家，幫我照顧爹娘，替我盡孝道，妳的情我永遠銘記在心，妳的恩就算我來世也難報答。」

牛小姐也跟著下跪叩頭說：「這些年來謝謝姐姐幫我侍奉公婆，對公婆盡孝，姐姐的恩情，妹妹我一輩子也報答不了！」

「你們別這麼說，我只是盡我做媳婦的本分罷了。快起來！」

扶起蔡伯喈和牛小姐後，趙五娘說：「雖然命運捉弄，使得你們倆無法為公婆送終，但你們倆也該去公婆墳上好好祭拜，告慰二老在天之靈。」

蔡伯喈歸心似箭的說：「這是應該的，我們天亮就走。」

「你在朝為官，可以說走就走嗎？」趙五娘質疑。

蔡伯喈這才想起他並非自由之身，哀痛的說：「我聽爹的話，進京赴考，好不容易金榜題名，想讓家人過上好日子，沒想到卻事與願違。如今，爹娘沒了，再高的官位和財富都是空的。但我萬萬沒想到，在朝為官竟然連回鄉奔喪的自由都沒有。」

「相公，你不必為此事擔憂，爹那邊由我去說……」

「跟我說什麼？」

這低沉雄厚的聲音忽然響起，嚇了三人一跳，循聲望去，牛太師的身影已走進書房。

進了書房，牛太師面色凝重，用凌厲的眼神掃了三人一眼，定在趙五娘的臉上，再次問：「你們要跟我說什麼？」

趙五娘被他威嚴的氣勢嚇得全身顫抖，牛小姐看了立刻擋在她的身前，上前拉著牛太師的臂膀撒嬌說：「爹，這麼晚了，您怎麼沒休息，還到書房來呢？」

「聽說有貴客蒞臨，老夫怎能不出面招待呢？」牛太師側過身，目光還是鎖住趙五娘。

「爹，她是……」牛小姐望了蔡伯喈一眼，不知這時實話實說是否妥當。

「她是我的元配趙五娘。」蔡伯喈毫不猶豫的

接話。

　　牛太師眼神複雜的看著趙五娘，問：「妳的公婆真的過世了？」

　　趙五娘回答說：「是的，公婆在幾個月前已經過世了。」

　　「看來李旺快馬回報的消息沒有錯。」牛太師點點頭。

　　牛太師本來以為，蔡伯喈的爹娘有趙五娘侍奉著便萬無一失，沒想到竟然遇到饑荒連年，造成無可挽回的憾事。

　　蔡伯喈覺得自己不該再躲在妻子身後，老讓妻子出面幫他和岳父溝通，他想如果自己再這麼沒擔當，五娘又會被他所累。於是他鼓起勇氣開口：「岳父，自從我入贅牛府，已經好幾年沒有回去侍奉父母。不僅連累雙親飢寒交迫而病死，連他們的喪事我都沒有辦法回去處理。這樣不孝的人，還有什麼顏面擔任官職？希望岳父同意，讓我辭官回鄉，為父母奔喪守孝。」

　　一說完，蔡伯喈便跪下懇求，因為為官多年的他知道，岳父權傾當朝，皇上以他意見為依歸，只要他不肯放人，皇上就不會同意他辭官。

　　看到蔡伯喈跪下，趙五娘和牛小姐也跟著跪下。

琵琶記

牛太師哪捨得女兒下跪，立刻扶起女兒，對其他兩人說：「你們起來吧！」

「懇求岳父同意小婿的請求。」似乎牛太師不答應，蔡伯喈就不願起來，而趙五娘當然與蔡伯喈同一陣線，跟著不起身。

看到兩邊僵持不下，牛小姐向牛太師懇求：「爹，相公入贅我們家好幾年沒有回去家鄉，導致他對父母生不能養，死不能葬，如果再不讓他回鄉奔喪，豈不害他犯了三不孝的逆天大罪？奔喪是大禮，盼爹能同意，讓相公能回鄉。」

「這……」

牛小姐垂著眼淚繼續說：「女兒不想讓爹因為這件事情遭人非議，更不想讓相公成為不孝之人，遭世人批評。盼爹能成全！」

「唉！妳別哭了，爹答應就是了。」

「謝謝爹！」牛小姐破涕而笑。

「謝謝岳父！」蔡伯喈謝過牛太師後，才和趙五娘一起起身。

牛太師別有用心的對蔡伯喈說：「賢婿，你也不用辭官，朝廷規定朝廷官員可以請喪假三年，你就回鄉守喪三年，期滿後便回朝。」

蔡伯喈愣了一下，心知這已經是牛太師最大的讓步，只好點頭答應：「是。」

　　「你們準備一下，明天一早老夫就進宮請旨。只要皇上的聖旨一下，你們就可以出發。」

　　「是。」蔡伯喈鬆口氣說。

　　「爹，謝謝您！女兒這就去準備。」

　　「什麼？妳也要一起去？」牛太師口中的「你們」，可不包括寶貝女兒。

　　「爹，女兒當然也得跟去啊！」

　　牛太師面露不悅之色。前幾年風調雨順的時候，牛太師就捨不得女兒去陳留郡那種偏僻的地方，更何況現在陳留郡饑荒連年，他當然更不願女兒前往。

　　「爹，我是相公的妻子，也是蔡家的媳婦，公婆在世時沒有侍奉在一旁，已經是大不孝了，公婆去世了怎麼能不去守喪呢？」

　　看著女兒百般為難、楚楚可憐的樣子，牛太師萬分心疼，心中懊悔當初因為自己疼愛女兒，想讓她如願以償和喜歡的人結連理，才硬是促成這椿婚事，沒想到到頭來反而害女兒受盡委屈；如今，若再因為捨不得她吃苦而不讓她去為公婆守喪，不但讓女兒為難，說不定還會害她受人議論。

雖然萬般不捨，牛太師最後還是答應了：「罷了，妳去吧！爹不想再因為疼愛妳，卻反而害了妳。」

牛小姐淚眼婆娑的說：「謝謝爹的成全。女兒不在身邊，也請爹多多保重。」

「妳自己也要多珍重。」叮嚀完女兒後牛太師還是不放心，轉頭囑咐蔡伯喈和趙五娘要對自己的寶貝女兒多加照應。

「我們會的。」蔡伯喈和趙五娘一口答應，因為他們能相認團聚、能回鄉奔喪，都是牛小姐幫的忙，心中萬分感念。

第二天一早，牛太師請旨歸來後，蔡伯喈一行人便往陳留郡出發。

日子一天天過去，越接近自己的家鄉，蔡伯喈的心情就越激動。

五年了！他盼了又盼，盼了近五年，終於回到家鄉了……然而，想到和爹娘已經天人永隔，淚忍不住又落了下來。

到了陳留郡，只看見乾枯的田地、焦黃的野草、傾倒的屋舍和骨瘦如柴的人們，荒野中甚至還不時見到沒人埋葬的屍體。這些像是人間煉獄的情景，讓蔡伯喈對五娘有更深的愧疚和感恩。

思親心切的<u>蔡伯喈</u>想先到爹娘的墳上祭拜，因此，<u>牛小姐</u>便讓隨行的<u>李旺</u>領著下人先回老家打理，自己和<u>趙五娘</u>則隨同<u>蔡伯喈</u>一起去上墳。

　　一看見土墳，<u>蔡伯喈</u>心頭一緊，視線又變得模糊了。他立刻雙腳跪下，跪行到墳前，看到墓碑上的字，他的淚水狂奔不止，心也緊撐得快要爆裂了。

　　「爹！娘！孩兒回來了！您們怎麼不在了……都是孩兒不孝啊……」

　　多年的思念，竟是化作一堆黃土，子欲養而親不待，就算有再多的功名與榮華，也喚不回世上唯一的親爹親娘了。

　　<u>趙五娘</u>和<u>牛小姐</u>也鼻酸淚流，分別跪在<u>蔡伯喈</u>的兩側，一同祭拜。

　　「爹，娘，媳婦到京城找到<u>伯喈</u>和他的妻子<u>牛</u>氏了！現在三人一同歸來為您們祭拜守喪，您們可以安息了。」<u>趙五娘</u>跟二老祭告。

　　<u>牛小姐</u>淚流滿面、愧疚萬分說：「公公，婆婆，我是不孝媳婦<u>牛</u>氏……您們在世時，都是姐姐在盡孝，媳婦沒有盡到絲毫奉養的責任，又害得相公遲遲未歸……這一切都是我的錯，您們要責罰就責罰我吧！」

　　<u>蔡伯喈</u>立刻搶著說：「不不不！爹，娘，不關夫人

的事，都是孩兒的錯！是孩兒優柔寡斷，是孩兒處事不夠圓融，都是孩兒的錯！」

趙五娘慨然一嘆，勸慰他們說：「伯喈，妹妹，公婆在天之靈，絕對能體諒你們的苦衷和孝心，不會怪罪於你們的，你們倆別再自責了。」

這時，他們身後忽然響起一個蒼老的聲音說：「五娘，妳回來了？」

趙五娘轉頭一看，立刻向前請安：「張太公，真高興看到您老人家一切安好！」

蔡伯喈一看到張太公，立刻向他叩謝：「張太公，伯喈離家這幾年，家裡仰仗您的周濟與救助，才能維持生計，甚至連爹娘過世，也靠您的鼎力幫忙才得以殮葬。您的大恩大德，伯喈沒齒難忘啊！」

一旁的趙五娘和牛小姐也跟著蔡伯喈叩謝。

張太公扶起他們三人，說：「言重了！言重了！老夫只是守著對你的承諾，和盡街坊鄰居的情誼罷了。」

蔡伯喈愧疚萬分的說：「張太公，您能守住自己的承諾，我卻不能，真是慚愧！」

「唉，這也不能全怪你，只能說功名富貴害苦了人哪！」張太公深深嘆口氣接著說：「上次李旺來這兒，雖然沒有接到你爹娘和五娘，卻已將你這幾年滯留京

琵琶記

城的苦衷和難處跟老夫説了，老夫知道你不是不孝薄情的人，要不然早已拿著<u>蔡</u>公託付的柺杖，替<u>蔡</u>公、<u>蔡</u>婆教訓你了。雖然<u>蔡</u>公、<u>蔡</u>婆福薄，生前看不到你金榜題名，但他們在天之靈，要是知道你今天榮歸故里，光宗耀祖，他們也會與有榮焉啊！」

若能這樣想，當然較能讓人寬心，但，眾人心中仍是無限的惆悵和遺憾。

<u>蔡伯喈</u>守喪三年中，除了常到爹娘的墳上整理祭拜外，也常坐在墳邊沉思。他想起爹生前要他參加科考，除了要他金榜題名、光宗耀祖外，更要他經世濟民，為國家和百姓做事。因此，他便想盡自己的力量，為被饑荒所苦的鄉親們做些事。<u>牛</u>小姐得知他的心意，便寫信給她爹，請求她爹能協助改善<u>陳留郡</u>鄉民所受的痛苦。<u>牛</u>太師愛女心切，當然照辦。

朝廷調撥來的糧食和物資陸陸續續運來<u>陳留郡</u>，改善了老百姓的生活。過沒幾天，<u>陳留郡</u>的天空便開始烏雲密布，雷聲轟隆轟隆作響，老天爺終於肯下雨了。

「天降甘霖！天降甘霖啊！」

<u>陳留郡</u>的老百姓欣喜若狂，

喜極而泣，多年的大旱終於結束了。

這天，蔡伯喈夫妻三人備好禮物正要去向張太公請安時，張太公卻匆匆來訪。

張太公一進門就開口說：「前方街道來了大隊人馬，聽說是從京城來的。」

「喔？他們來做什麼？」蔡伯喈問。

張太公還來不及回答，已經有使者進門說：「聖旨到，蔡伯喈一家人接旨。」

蔡伯喈夫妻三人立刻出門跪迎接旨。

位於大隊人馬之首的人不是別人，正是思女心切的牛太師。

牛太師瞥了女兒一眼，才朗聲宣讀：「奉天承運，皇帝詔曰。朕認為風俗為教化的基礎，孝義是風俗的根本。克盡孝義、推動善良風俗的人，必當獎勵。議郎蔡伯喈，富貴不忘雙親。其妻趙氏，獨力奉養公婆，養生送死竭盡心力，具有貞潔柔順的德行。牛氏勇於勸諫自己的父親，輔助自己的丈夫，還有遜讓的美德。此三人孝義兼備，為天下的楷模。朕特以嘉獎，任命蔡伯喈為中郎將，妻子趙氏封陳留郡夫人，牛氏封河南郡夫人，並命令你們立刻返回京城。欽此。謝恩！」

「謝皇上恩典。」

　　蔡伯喈雖然起身接過聖旨，卻一臉慚愧，搖頭嘆息：「孝子？對於雙親，我生不能養、死不能葬，我算什麼孝子啊！」

　　牛太師說：「你經世濟民，為國家和百姓做事，便是移小孝為大孝，也是孝子的一種。」

　　話雖如此，但蔡伯喈仍覺得對爹娘有愧。

　　牛太師轉身對張太公說：「想必這位老人家是張太公？」

　　「正是在下。」

　　「你慷慨解囊，小女的公婆在世時，多虧有你的幫助。今天準備了一份薄禮，希望張太公不嫌棄收下。」一旁侍者立刻捧出一個內裝黃金百兩的箱子。

　　張太公連連搖手說：「老夫愧不敢當！這禮老夫絕不能收！」

　　牛太師說：「雖然說是謝禮，但其實是希望張太公能繼續義助鄉里，彌補朝廷做不足的地方。因此，還請張太公收下，不要推辭。」

　　蔡伯喈夫妻三人立刻跪下說：「請張太公收下，不要推辭！」

「好好好，我收下！我收下！你們快起來吧！」

張太公邊扶起蔡伯喈夫妻三人，邊決定要善用這百兩黃金造福鄉里。

由於守喪三年已滿，當牛太師回京時，蔡伯喈夫妻三人也一起同行，除了闔家團聚外，也繼續為朝廷效力，為百姓謀福利。

當一輛輛馬車駛過陳留郡的街道，向東方的朝日前進，路邊的石頭縫中鑽出一株株青綠的嫩芽，隨著晨風輕舞。

冬盡了，春來了。

琵琶記——郎才女貌結良緣

看完蔡伯喈、趙五娘和牛小姐大團圓的故事，你是不是覺得意猶未盡呢？試著回想故事，然後回答下面的問題吧！

1.故事中讓你印象最深刻的是哪一個情節？為什麼？

_____

_____

_____

_____

2.如果你能和書中的角色對話，你最想對誰說什麼？

_____

 _____

_____

3.你覺得以愛為出發點的行為都是正確的嗎？為
什麼？請試著以身邊的例子說明。

_____

_____

_____

_____

4.趙五娘憑著自己的記憶，為公婆畫了肖
像。那麼你的爸爸、媽媽又是什麼樣子呢？
快用筆畫下來吧！

國家圖書館出版品預行編目資料

琵琶記／陳佩萱編寫;藍繪.－－初版一刷.－－臺北
市:三民, 2011
　　　面;　公分.－－(兒童文學叢書／小說新賞)

　　ISBN 978-957-14-5508-2　(平裝)

859.6　　　　　　　　　　　　　　100011274

© 　琵 琶 記

編 寫 者	陳佩萱
繪　　者	藍
責 任 編 輯	莊婷婷
美 術 設 計	郭雅萍
發 行 人	劉振強
著作財產權人	三民書局股份有限公司
發 行 所	三民書局股份有限公司
	地址　臺北市復興北路386號
	電話　(02)25006600
	郵撥帳號　0009998-5
門 市 部	(復北店)　臺北市復興北路386號
	(重南店)　臺北市重慶南路一段61號
出 版 日 期	初版一刷　2011年7月
編　　號	S 857510

行政院新聞局登記證局版臺業字第○二○○號

有著作權‧不准侵害

ISBN　978-957-14-5508-2　　(平裝)

http://www.sanmin.com.tw　三民網路書店
※本書如有缺頁、破損或裝訂錯誤,請寄回本公司更換。